泡姫

~現代の人魚姫~

上

著 裕花

——ホストクラブとデートクラブ——

夜の世界

愛を探して誰もが生きていくけれど

私たちは愛を探していたのではなく

愛を償っていたのです

——コウは蜜葉のために…

…真理は薫のために——

CONTENTS

1st NIGHT　真理 ——— 007

娼婦

デートクラブ

娼婦とホスト

白い部屋と罪の城

友達のまま

二つの誓い

過傷

記憶

冷たい手

2nd NIGHT　　秀 明　――― 157

　　ヤクザ
　　荷物
　　緑色の瞳

3rd NIGHT　　ナ ナ　――― 205

　　女社長
　　同傷
　　命

この作品はフィクションであり、店名・人物名などは
実在の人物・団体等には一切関係ありません。
本書作品・イラスト等の無断複写・転載を禁じます。
一部、飲酒・喫煙に関する表記がありますが、
未成年者の飲酒・喫煙は法律で禁止されています。

ILLUSTRATION
吉濱あさこ
DESIGN
矢部あずさ
[フロッグキングスタジオ]

娼　婦

大人になってしまうたびに
物事の真意(しんい)が複雑になってしまう気がするよ。

愛、想い、夢、金、セックス、ドラッグ…。
めくるめく欲望の渦(うず)は
大切にしなくてはいけなかったものを
いつも惑(まど)わせた。

足元から歪(ゆが)む、惑いの世界で
あの日、あなたは私を見つけてくれて
そして、いつの日か
二人の手が繋(つな)がる。

けれど人の手が離れていったあの日
離れた日に……
本当に大切にしなくてはいけないものに
やっと気付けた。

見送る空に
見えなくなる背中。
残してくれたもの…。

あの日、あなたは気付けましたか？

この世界であなたが
一番大切にしたかったものが
今は見つかりましたか？

デートクラブ

悪魔の囁(ささや)きのように聞こえる。

「一度でもその世界に足を埋めれば
もう這(は)い上がることはないよ。
罪は重ねれば重ねるほど
麻痺(まひ)していくものだから」

逃げられない。
足が鉛(なまり)のように重くて
ベッドから起き上がれないんだ。

逃れられない。
心が麻痺してしまっているはずなのに
なぜかいつでも痛いんだ。

あの日、あの時、あの場所で
あなたに出会うまでは…
本当に守りたかったものさえも
知らずにいたね。

「どうだ、真理？　ここの料理は美味いだろう」
　器用にナイフとフォークを持つ男。
　分厚い肉に、スーッとナイフを入れる。まるで手術をしているみたいだ。
　さすがはお医者さんですね…とは言わなかった。
「美味しいです」
　ニコリと微笑む。
　今の自分を鏡で見ると、一体、どんな顔で笑っているのだろうか？　上手く笑えているのだろうか？
「そろそろ行こうか」
　最上階のレストラン、窓際の席から街を見下ろす。心の奥底に潜む醜い感情を押し殺して…。
　この光の中、何人が愛に飢えているのだろうか。
　そして、何人がお金を巻き散らしてるのだろうか。
　きらきら、きらきら、その光は希望のように一瞬見えるけど、この光が綺麗であればあるほど、私は絶望に包まれていく。

　同じホテルのスウィートルーム。
　──シャアアアアア──。
　無駄に広すぎる部屋に、男のシャワーを浴びる音が響き渡る。
　私はバスローブを着て、ただ下に広がる街の機械的な光を見ていた。
　ここから落ちたら、死ねるのか。
　どこまでも絶望しかない世界に、そんなことを考えていた。
　ピタリとシャワーの音が止まるのを確認する。心臓が高鳴る。

ここで心を切り替えた。
「…田辺さん…」
　田辺さんは、病院の院長。
　歳のわりに瘦せ型で、メガネをかけている姿は育ちの良さを伺わせる。
「真理、おいで」
　ベッドに寝転んだ彼に吸い込まれていく。
　目を見開き、彼を見つめる
　1・2・3…………。
　それはまるで子供が寝る時、羊を数えるように……意識をなくす努力を始める。
　田辺さんを通り越して、その先にある"見えないもの"を見るんだ。
　結局、見ようとしたって、目の前にあるのは、ただの現実なのだけど…。

　私の職業は、"株式会社ハードロマンチッカー"のスタッフ。
　そして、本当の職業は…。
　本当の職業は…娼婦。
　要は体を売って生計を立てている。

　田辺さんは一流だ。
　そして私も、娼婦として一流だと言えるだろう。
　行為を終えると、田辺さんは私に2万円を差し出した。
「タクシー代だよ」

ネクタイを絞めると、ブランドバッグを持って家路につく。
「君は泊まっていきなさい」
　それだけ言い残して…。
　田辺さんが部屋を出ると、私もすぐに部屋を後にする。
　煙草と携帯、それに財布を鞄にしまい、さっき頂いた２万円はコートに突っ込む。

　ホテルを出ると、雪がチラチラ降っていた。私たちの街は雪が降るのが早い。
　この真っ白で綺麗な雪を見上げていると、心の底から自分が汚れているのに気づく。
　手を挙げて、タクシーが停まるのを待つ。
「街まで」
　鞄を横に下ろし、煙草を取り出す。空っぽな心のまま、火をつけて吐き出す。
　闇の中に煙が消えていった──。
　煙が黒い世界を、雪のように白く染め上げていく。

　真っ黒なビルの３階にその会社はある。
　表向きは普通の会社。でも内情はただのデートクラブ。
「真理、お疲れぃ！　半日出勤、お疲れぃ！」
　明るい女の声が響き渡る。
　事務所には机が４つ。奥には社長室。観葉植物が何個かあって、ストーブは新調したばかり。
　そしてこの会社の女社長・ナナ。20歳で、私と同い年。

金色のロングのストレートヘアを時たま巻いたり、いろいろアレンジしたりしている。
　着ている服からアクセサリーまで、持ち物すべてが高級ブランド。しかもわかりやすい。
「ブランドは、わかりやすいのが好きなの。だって世界はわかりにくいことばかりなんだもん〜」
　語尾を伸ばす独特の口調で話すが、いまいち意味はわからない。
　透き通るくらい真っ白な肌はこの街の雪のようで、私より何センチか高い身長で、しかもいつもヒールの高い靴を履く。可愛いというより綺麗な人。
　昔はキャバクラで"伝説のキャバ嬢"と呼ばれていたらしい。
　ニコニコしていて人当たりがいいが、信じることは絶対にできない。
　穏やかそうに見せて、その性格がどれくらいきついかも知っている。
　きつくて、したたかでないと、こんな仕事はできなかっただろう。
　彼女はキャバクラで一流の人間ばかり相手にしていた。
　でも、しょせんはキャバクラ。
　あまりにもヤリたがる客が多くて、「ならば裏引きさせよう」と考え、そして「どうせならそれを商売にしてやろう」と考えた。どこまでも強い人…

　ナナの会社は紹介制。

一流は一流を呼ぶ。だから下手な客は来ないし、安全だった。
　秘密厳守。
　一流には、変わった性癖を持つ人間も多い。これはある意味、"取引"だ。相手の弱味を知ることで、こちらの弱味を隠す。
　法に触れている。
　いつだって表と裏。危ない橋を渡るのと大金を得るのは、紙一重なんだ。
　このデートクラブ、スタッフももちろん一流だ。
　モデルの卵、一流大学の学生、はたまた主婦なんてのもいる。
　全員、ナナのスカウト。
　そして私も、１年前に彼女にスカウトされた口だ。

　その頃、私はキャバ嬢だった。
　ナナとは違う店のナンバー１だった。
　まぁまぁ男ウケする顔だったらしいし、化粧や服装で誤魔化せば、女はそれなりにイケる。
　でも、裏引きをしていた。
　理由は簡単。裏引きをしてるほうが時間も手間もかけず楽に稼げるから。
　心を使い客と話すより、体を使って楽に稼ぐほうがいい。
　どうせ使えるのは、今のうちだけだ。体を使ったら、客が離れるのも一瞬だよ。
　それでも構わない。一人減ろうが、代わりは吐いて捨てるほどいるから。
　自分でも安易だと思う。

次第にナンバー１を守ることが苦痛になり、私はこの道を選んだ。

　あの頃から失ったものはあると思う。でも人間は生きていくうちに少しずつすり減っていく。

　徐々に迫りくる痛みならば、いっそ一気にいってしまったほうがいいじゃないか。

　体は一つ。人生も一回。罪ならもう重ねすぎている。
「あーあ、早く死なないかな…」
　私はあの頃、そんなことばかり考えていた。

「はい、真理。今日のお金」
　そこには20万の束があった。
　ナナはいつも手渡しでお金を払う。
　今日は半日付き合って、一人にしか客はついていない。
　それだけで、私の手元にはありえないお金が入る。
　金額は人によって様々で、それでも私は２時間で最低一人５万は取れる。
　女の子に８割。店に２割。それがうちの店の方針だ。
　でも、この優しそうに微笑む私と同い年の女社長が、どれだけしたたかなのか、私は知っている。
　たぶんピンハネもしているだろう。
　でも、私は何も言わない。
　だって私は、普通にしてはありえない額をやっぱりもらっているわけだから。
　何をやられようが、自分の納得するお金を得られればいい。

それだけのこと。

「おー、すげーじゃん！　真理、なんか奢れ」
「勘弁してよ、秀ちゃん」
　私の横で私の手元を覗き込む男が、この会社のドライバー兼ケツモチ。
　トラブルなんてそうそう起こらないけど、もしもの時のために存在する。
　松尾組組長の息子、秀明。
　21歳。私たちより一つ年上。
　細身の長身で、茶色のストレートの前髪が額に少しかかっていて、光が射すと瞳は緑がかって見える。
　カラコンらしい。外人みたいな顔。
　ヤクザというより、なんだかそのへんにゴロゴロ転がってるホストみたい。
　人を小馬鹿にしたように、口が悪くて軽薄そうに喋る。
　二人は何も言わないが、こいつはナナの男だと思う。
　二人を見ていれば、なんとなくそれくらいわかる。
「秀明、グズグズしてないで！　次の送迎に行ってよ！」
　ナナが秀明をどやす。
「ナナ、うぜぇよ。ブース」
　子供のようなことを言ってゲラゲラ笑いながら事務所を出ていく秀明に、ナナが大袈裟に舌を出す。
　あんたら、中学生カップルかよ……。

「真理、ご飯でも食べにいかない？　それとも飲み？　ホスクラ？」
　パソコンを閉じ、ケラケラとナナが笑う。
「いいけど、ナナと飲むと朝まで帰れないんだもん」
　ナナはやっぱりケラケラ笑いながら、ファーのついたピンクのロングコートに身を包んでいる。
　それにしても、なんてピンクが似合う人なんだろう。
「今日は帰って寝るよ。ナナ行きつけのホスクラの馬鹿ホストと話してると、疲れるんだもん」
　そう言うと、「ご名答！」とナナが微笑んだ。
　事務所の時計は23時を指していた。
　ナナと二人で、事務所を後にする。
「んじゃ、バイバーイ」
　ナナが手を振り、夜の街へ消えていった。
　背中が少し寂しそうに見えた。
　彼女もまた、したたかで、強くて、賢くて…そして寂しい人だった。

　適当な場所でタクシーを拾うため、私は街を歩き出した。
「ねぇねぇ、何してんの？　今、暇？」
　いかにもホスト風の男が話しかけてきた。
　うざいな…。今はあんたらと話してる気分じゃない。
「家帰んの。私、ホスト嫌いだから」
　キッパリ言い放ち、また足早に街を通りすぎていく。
　それからも、ホストやスカウト、何人にも声をかけられた。

この街じゃ、よくあることだ。

　ため息が出てしまうくらい、皆が同じ顔をしてる。模範的な笑顔。

　その時、突然、肩を掴まれた。
「蜜葉⁉」
　振り向くと、そこにはスーツを着たホストがいた。
「は？　新手のキャッチ？」
　佇む男は、少し困惑した表情を見せた。そして苦笑いした。
　パッと見は今どきの綺麗な顔で、よく見ると瞳が緑がかっている。
　その時はそれが一瞬の出来事で、それ以上は確認できなかった。
「ごめん。人違いだ」
　男はそう言うと、すぐに人の波に紛れ込んでいった。
　なんて哀しそうな目をしている人だろう。
　雪がチラチラ降っていた。
　私はまた、前を向いて歩き出す。

この世界を生きるすべての人へ——。

そうだね…。
私たち、子供のままだったら
幸せだったかもね。

お金も、欲望も、何も知らずに
生きることができたあの日々たち…。
愛すること…
それが一番幸せだと信じていたよね。

成長するごとに同等に用意されていた痛みは
大人になるたびに傷に変わっていった。

でもそれはきっと
悪いことばかりではなかったのだと
気づかせてくれたのは……。

あなたは
あの日、二人で交わした約束を
覚えていますか？

今でも私の生きる糧になっている夢を……。

娼婦とホスト

「ジングルベール、ジングルベール、鈴が鳴るー♪」
　なんて、呑気に歌ってるのがナナ。
　その横でクリスマスツリーの飾り付けをしているのが秀明だ。
　楽しそうに笑うナナの横で、秀明は呆れ顔。
　それでもナナに付き合って似合わないツリーの飾りつけをする秀明は、どんなに口が悪くても根が優しい奴なんだと思う。
　よくいる優しさの表現が下手なタイプだ。
　私は一人ソファに腰をかけ、「まったく、クリスマスなんて神聖な日を祝うような人間じゃないだろ」と呆れつつ、冷ややかな視線を送っていた。

「今日、予約入ってたっけ？」
　ナナがパソコンを開き、顧客と予約リストを出す。その顔はもう経営者だ。
「真理のお客さん、9時から予約。河原さんだね」
「ゲッ！　あの人、嫌なんだよなぁ」
「仕事です！　…と、その前にあたしも行ってこなきゃ！」

社長とはいっても、ナナ自身も仕事をしている。彼女こそ立派なプロだ。
　その横で見守る秀明は、どんな気持ちなんだろう。
　彼女をホテルに届ける時の秀明は、どんな気持ちなんだろう。
　どうして二人は付き合っていけるんだ。こんなめちゃめちゃな環境の中で…。

　ナナを送り届けた後、事務所には私と秀明だけが残った。
　コーヒーの匂いが立ち込める中、まだまだ暗い街の空を見ている。
　クリスマスらしくライトアップされた夜の街は、いつもよりきらびやかだった。
　きらびやかだからこそ、苛立ちは募った。
　秀明はパソコンに向かっていて、たまにかかってくる電話に対応している。
　私は事務所のソファに腰かけて、夜の情報誌に目を通す。
　時間はいつも穏やかに流れてるように見える。
　でも、この事務所の扉を開けるすべての人間の心情は穏やかではないだろう。
　皆、何かの傷を抱え、こんな仕事をしているのだろう。
　そんなことに気づいて惨めになんかなりたくないから、せめて夜の光に隠れて…私たちを一瞬でも幸せに見せてほしい。

「そろそろ行くよ」
　秀明がダウンジャケットを着る。私も無言でコートを羽織っ

た。
　送り届けられたのはラブホテル。
「よう！　久しぶり」
「河原さん、3日ぶりですけどね」
　ケラケラ笑う河原さんは、IT企業の若社長。荒々しい口調が特徴だ。
　デートクラブの客は様々で、こうやってセックスだけしたい人もいれば、食事だけなんて人もいる。
　添い寝して子守唄を歌ってほしい、なんて客がいたのにはたまげた。
　それだけお金を手にしていても、寂しい人が多いのかもしれないけど…。
　私は、どっちかといえばセックスだけするほうが楽だ。
　セックスだけしていれば、時間が経ってしまう。体が繋がれば、言葉を繋げなくていい。精神面でそのほうが楽な場合もある。
　だからキャバクラより、風俗のほうがあっているのかもしれない。
「じゃ、頼むよ」
　いつもは荒々しい河原さん。
　でも性癖はなかなか変態チックで、レイプされるのがお好きなようだ。
　レイプするのが、じゃない。レイプされるのが好きなのだ。

「オラ！　テメェ！」

なんて荒々しく河原さんの服を脱がしていく。
　気持ち悪い…。
　人は様々、性癖だって様々なんだ。
「真理ちゃん。真理ちゃん、イイ…」
　河原さんは、行為の最中だけ私を名前で呼ぶ。
　こんな性癖の人にもすっかり慣れっこになってしまった自分がいる。
　行為を終えて、河原さんは上機嫌でシャワーを浴びている。
　私が先にラブホテルを出た。
　ホテルの前には黒い車が停まっていて、私はそれに乗り込んだ。

「お疲れー」
　秀明が煙草を吸いながら、車のハンドルを握る。
「本当に疲れたよ」
　私も鞄から煙草を取り出し、火をつける。
　ぐったりしている体に吸い込んだ煙が、頭をクラクラさせる。
「真理、癒(いや)してやろうか？」
　ケラケラ笑いながら秀明は言う。
「あんたに癒してもらいたくないわ。ナナに言いつけるよ」
　秀明は何も言わずに、笑っていた。
　秀明は余計なことばっか言うくせに、肝心なことはいっつも笑って流す。
「仕事、ラストだろ？　家まで送ってこっか？」
「あー。頼むわ」

煙草の火を車の灰皿に押し付けると、秀明の携帯が鳴った。
「あぁ、うん…。でも今、真理を送ってくとこなんだけど」
 チラリと秀明が私を見る。私は察して、指でバツマークを作った。
 きっと仕事が入ったのだろう。
「うん、大丈夫。今、行くわ」
 秀明は電話を切った。
「ここで降ろしていいよ？」
「わりぃな？　予約、いきなり入ったらしくてさ」
 秀明が申し訳なさそうに、車を端(はし)に停める。
「じゃあね」
 私が降りた後、車はものすごいスピードで走り出した。

 夜の街の真ん中で下ろされた私は、チラリと腕時計を見る。
「まだ早いかな…」
 暇を持て余していた私は、一つ面白いゲームをしようとしていた。暇な時、私がよくやるゲームだ。
 今、歩いてて、一番最初に声をかけてきたホストについていく──。
 不細工だろうが、カッコよかろうが、声をかけてきたホストなら誰でもいい。
 ホストなんか皆、金目的だし、そこに感情を深く揺らす出会いなんか見つけられるわけない。
 私にとっちゃ、みんな同じ顔で同じ性格。
 心はカラカラに乾ききっていた。

きらびやかなドレスを身にまとうキャバ嬢、高級そうな着物姿でしなやかに歩くクラブのホステス、うさんくさいスーツ姿のホストやスカウト…私はその中をくぐりぬけるようにして探していた。
　本心では、いつも探していたのかもしれない。
　私を掬(すく)い上げてくれる手を…。
　揺らぐことのない愛をくれる、誰かを…。
「ねぇ！」
　…あなたは、私を救い出してくれますか？

　スーツ姿のホスト。
　どうしてこの時、声をかけてきてくれたのがあなただったのだろうか。
　もしも出会わずにいたら、今をどう過ごしていたんだろう？
「あっ…あんた…」
「やっぱり、この前の…」
　目の前に佇んでいるのは、この間、私に声をかけてきたホストだった。見上げた身長は、私の頭一個分の高さ。
「今日は間違えないの？」
　クスッと笑いながら、その男を見る。カラコンが入った緑の瞳があまりにも綺麗で、まるで本物みたい。
「間違えないって」
　笑うと、とたんに幼く見える。
「店、行こっか」
　男に言われる前に、私が言った。

「これ、キャッチじゃないんだけど」
　男が笑いながら言う。
　手首には高級ブランドの時計。ネックレスもアクセサリーすべてが一流ブランドだ。
　トップにボリュームのある、襟足(えりあし)が長めの茶髪を細い指でサッとかきあげる。
　光に照らされるたび、綺麗な顔が浮かぶ。
　……こんな時間までキャッチしてる、売れないホストにはあんま見えないけどね。
「こんな時間までキャッチしてる、売れないホストが何を言ってんだか」
　私が笑うと、男は真剣な顔をして私を見つめる。
「君を、ずっと探してたんだ」

　その顔があまりにも真剣すぎて、まるでそこだけ時間が止まったかのようだった。
「プッ！　あんた、面白いね」
　動揺を隠すように私が笑う。
「いや、でも俺、マジでキャッチしてないよ？」
　真剣な顔から一変し、今度は困った顔で笑う。
「まっ、いいや。私、一番最初に声をかけてきたホストの店に行こうって決めてたの。あんた、店どこ？」
「1000の言葉」
　──1000の言葉。
　この街で、このホストクラブを知らない人はいないだろう。

新店舗だが、かなり人を集めていると噂だ。
「あんまりホストクラブ行かない人？」
「あんまりね。ホストって興味ないの。あからさまなチヤホヤには、吐き気がするの」
　夜の街を歩き出す。
　これが私たちの始まりだった。
　今でも忘れはしない。
　私を掬い上げてくれた、彼の手を…。

　ホストクラブ『1000の言葉』。
　初めてその敷居をまたいだ。薄暗い照明に白いテーブルとソファ、にぎやかな音楽が流れる店内…。
　ナンバーのパネルは興味もなかったので、見なかった。
　席に通される。客の入りは、まずまずってところか。
　しかし、バカそうな女が多い。
　誰もが寂しくて傷を抱えてるのを知っていて…こんな場所に来る女もホストも馬鹿にしていた。
　でも本当に馬鹿にしていたのは、自分自身だったのかもしれない。
「ちょっとごめん」
　男が席を外す。代わりに若い男が来た。
「はじめまして。ヒロキです」
　ヒロキと名乗る男は、慣れない手つきで水割りを作る。新人なのだろうか。
「コウさんと知り合いなんですか？」

「あぁ…コウっていうんだ、あいつ？　知り合いじゃないよ。キャッチされた」
　私がそう言うと、男は笑い出した。
「何かおかしいこと言った？」
「いや、コウさんがキャッチするわけないから。だってあの人は…」
　よく見ると、コウはこの中の誰にも見劣りしない容姿をしていた。
　綺麗な顔だというのは、初めから気づいていたけれど…。
「だってあの人は、うちの店のナンバー1だから」

　コウが席に戻ってきた。
「改めまして。コウです、よろしくお願いします」
　そう言うと、コウは私に名刺を差し出してきた。
「ちょっと！　あんた、ナンバー1なの？」
　私は名刺を受け取るのさえ忘れ、コウに詰め寄った。
「まぁ、一応…」
　コウは名刺を私の膝の上に置くと、慣れた手つきで私の空になったグラスにアイスを入れた。
「ちょっと…。聞いてないんだけど。ナンバー1がなんでキャッチなんかしてんのよ」
　コウは自分のグラスに水割りを作り始めた。そして私のグラスに重ねる。
「だからキャッチじゃないって言ったろ？」
　グラスとグラスが合わさって、高い音が出る。火花が飛びそ

うだった。

「そういや、名前なんていうの？」
「真理」
「真理か…。よろしくな」
　私はまだ開いた口が塞がらない。そんな私を見て、コウは笑っていた。
　そんな、娼婦とホストの出会いだった。
　コウはノホホンとした印象だったから、ナンバー1を取れるようなヤリ手ホストには見えなかった。
　物腰は柔らかいし、笑顔は優しい。あんまりお金に執着してるように思えない。
　情熱もなさそうだし、どっちかというと世界を斜めに見ていて、冷めていそう。
　それは私が私自身に抱くイメージと似ていた。
　年齢は21歳で、私より一つ年上。
　この業界には16の頃からいるらしい。19歳でナンバー1になってから、店を移ろうとも、以降はその座を譲ってないという。
　何年もナンバー1を維持しているということは、それなりのことをしているということだろう。
　コウがますますわからなってくる。
「ねぇ…その目、カラコン？」
「生まれつき」
「ハーフなの？」

「さぁ…」
　その緑色の目に見つめられたら、誰でもオチてしまうかもしれない。
　でも、あいにくなことに私はホストに興味がない。リピートする店もない。
　今日は、今日だけ楽しむためにある。それが私の生き方。

　軽く会話を交した後、1時間もしないうちに私は店を出た。送り指名には、コウを指名した。
「ねぇ、どうして私に声をかけたの？」
　馬鹿みたいな質問だ。
　でもどうしても聞きたかった質問でもある。
　コウは少し考え込み、緑色の瞳を少し伏せながら答えた。
「真理があの街で、一番哀しそうな瞳をしていたから」
　すぐに顔を上げ、私を見つめた。
「意味わかんない。まっ、いいや。私、店にはもう来ないし、二度と会うことはないだろうけどね」
「また会える」
「なんでよ」
「会おうとすれば、会えるもんだよ。生きてさえいれば、何度だって会える…」
　その言葉の本当の意味を、当時の私は理解していなかった。

それはゲーム。

「道を歩いていて
一番最初に声をかけてきたホストについていこう」

街の雑踏。笑う人々の波。
迷いこんだ、出口が見えない迷路。

足元さえ見えない闇から
誰かが私を掬い上げてくれるのを
待っていたのかもしれないよ。

そして、あなたもそうだったのかもしれない。
誰でもない誰かをずっと待っている。

——君をずっと探していた。

あの日幕を開けた
なんて儚い夜の夢物語。
でもそれはきっと…。

白い部屋と罪の城

　店を出た後、そのまま家に帰った。
　時計にふと目をやると、深夜を回っている。
　今日は変なホストに会った。私はそのことを思い出してクスリと少しだけ笑った。
　久々に楽しいという感情が湧いたかもしれない。さすがはナンバー1なだけある。
　3LDKのマンションは、私には少し広い。
　今の私がこの仕事を始めてから犠牲にしたもの。そして得たもの…。
　必要もないのに、どうしてこんな広い空間に暮らしてるのだろう。
　広くなればなるほど、寂しさは浮き彫りになっていく気がする。寂しさに気づいていくような気がする。
　本当に手にしたいものを埋めるように、私は暮らしていく。
　寝室にはベッドだけ置いてある。私は疲れた体をそのままベッドに預けた。
　白いベッドに身を預けていると、知らないうちに睡魔が襲っ

てくる。
　白い白いベッドで、見果てぬ夢を見た。
　白い部屋に、白いベッドが置かれていて…立ち込める薬品の独特の臭い。
　外では枯れた木に白い雪が降り積もっていた。
　あれは何年前の悪夢？
　永遠に覚めることのない悪夢──。

　ベッドの上に眠っているのは、真っ白な顔をした少女。
　父親の罵声。母親の泣き顔。
　そして一人で佇んでいるのは…。
　あれは…あれは誰だったのだろうか…。
　空っぽな心に、虚ろな瞳。
　すべてが終わり、絶望を越えた眼差しをしている。
　あれは、私だ…。
　私なのに、私が私を客観的に見ている感覚。

「嫌ッ!!!」
　そこで目を覚ました。体からは汗が出ていた。
　夜はまだ明けていない。時計に目をやると、夜中の３時になっていた。
　リビングに行き、震える手で煙草に火をつける。
　怖い…。やめて…もうやめて…。
　そんな問いかけに答えるわけでもなく、暗闇の中で紫の煙が揺れて、消えた…。

週に一度、私は必ず病院に向かう。
　朝の9時、月曜日。これは決まっている。
　この2年間、変わらず繰り返していること。
　規則正しく繰り返してるのは、この行事だけだと思う。
「おはようございます」
　いつもの若いナースが、作られた笑顔で私に声をかける。
「綺麗なお花ですね。ピンクのチューリップ、可愛い」
　ナースは私の手にあった花に目を落とした。
　私は病室の扉に手をかける。
　目を閉じ、ふぅっと深呼吸を1回する。
　扉を開けると、朝の日差しが病室に立ちこめていた。
　そして…あの悪夢と同じように、彼女は真っ白な顔で眠っている。
　閉じられた瞳。色を映さない唇(くちびる)。一つも変わらない。あの時から、何も変わりやしない。
　今日も何も変わらなかった。落胆(らくたん)の表情で、ベッドの横にある椅子に腰を下ろす。
　花を机の上に置き、彼女の胸に顔をひっつけ、その鼓動(こどう)を確認する。

　花瓶の中には、ミニヒマワリの花が飾ってあった。
　母の好きな花だ。
　まっすぐに太陽を目指す、生きる花は、さらに私を悲しくさせた。

「薫、元気だった？」
　私の問いかけに、薫は返事もせずに、ただ静かに寝息を立てている。
「また冬が来てしまったよ。あんたはいつになったら目を覚ますんだろうね」
　薫の頬を撫でる。薫は温かかった。
　薫は今、何を考え、どこにいるんだろう…。
　脱け殻のようにただ息をし続ける魂は、一体、どこに行ってしまうのだろう。
　その世界に夢はある？　痛みは？　悲しみは？　喜びはあるの……？
　1時間ほどいて、私は病室を出た。
　机の上に分厚い封筒を置き去りにしたまま…。

　病院を後にしようとしたら、声をかけられた。
「真理？」
　病院の廊下を朝日が照らしている。目を薄く開いて、相手を確認した。
「やっぱり真理だった」
「…コウ」
　コウはいつものスーツ姿ではなかった。黒のダウンジャケットにジーパンをはいたラフな格好。
「何してるの？」
「いやー、ちょっと体の具合が悪くてさ。酒飲み過ぎじゃね？」

ゲラゲラとおかしそうに言った。
「こんなとこで会うなんてね」
「だから言ったじゃん。また会えるって」
　携帯番号の交換さえしてない。
　まさかこんな場所で会うとは夢にも思わなかった。
　ただの偶然だろうと思うかもしれないけど、本当はそれも偶然ではなかったね。

　しばらく沈黙が続いた…。
　今、もしもコウに「何しに病院に来てるの？」と聞かれたら困る。
　それを察してか、コウは私に何も聞いてはこなかった。
　ここでだけじゃない。ホストクラブでも、コウは私に何も聞いてはこなかった。
　コウの茶色の髪が光に当たって透け、ついつい見とれてしまいそうになる。
　緑色の瞳は、すべてを見透かしているようだ。
　沈黙の後、先に口を開いたのはコウのほうだった。
「朝ご飯食べた？」
「ううん」
「飯、食わない？」
「え？」
「オススメがあるんだけど。絶対、真理も気に入ると思うんだけど…」
「仕方ないわね。付き合ってもいいよ」

「可愛くねーな」
　コウは笑っていた。緑色の瞳を緩ませながら笑っていた。

「…ってか、ラーメン！」
　コウが私を連れてきてくれたのは、小さなボロいラーメン屋さんだった。
「嫌い？」
　コウが煙草に火をつける。コウの煙草の煙は、甘いチョコレートの香りがする。
「ラーメンなんて…大好きだけど…」
　コウがブハッと吹き出して、煙草を灰皿に押し付けた。
「そう言うと思ったよ」
「なんでよ？」
「なんとなく。俺が好きなものだから、真理も好きだと思っただけ」
　出てきたラーメンを美味しそうにすするのは、ナンバー１ホスト。その横にいるのは娼婦。
　そんな今の状況を考えてみると、自然に笑えてきた。
　ラーメンは思ったよりすごく美味しくて、美味しく食べる感情さえ忘れていた自分に気がついた。
　ラーメンってこんな美味しい食べ物だった？　お客さんと食べる高級料理は、あんなに味気ないものだったのに…。

「ねぇ…。こんなことされても、私、あんたの客になるつもりはないよ？」

ラーメンをすすりながら私が言う。
　ラーメン屋の親父は、客足もまばらな店内でテレビを観ていた。
「だから、そんなつもりないって。大体、客にするつもりなら、ラーメン屋なんて連れてこないよ」
　ラーメン屋の親父がチラッとこちらを睨（にら）み、コウは私に舌を出して笑った。
　それを見ておかしくなって、ついつい私も笑った。
「別にホストが嫌いってわけじゃないよ？　店に通うのが面倒なの。お金なら直で渡したほうが早いじゃない？　色恋とか、愛に命をかけてます、みたいなのが苦手なだけ」
「夢ないね」
　コウがラーメンのスープをすすりながら笑った。
「夢なんてないわよ。どうせ人間なんて、いつ死ぬかわかんないしね。愛とか煩（わずら）わしいし、結局、人間なんて自分しか愛せないじゃない…。誰かを愛してる。誰かのために何かをしたい…。そんなの自己愛にしか過ぎないのよ。人間は自分しか愛せないもんよ」
　私にしては珍しく、白熱して喋っていたかもしれない。
　だって私は見てきている。
　自分の欲のために、お金で私を支配する人間を。
　そしてまた、お金で体を売る醜い自分を。
　嘘だらけ。欲望だらけ。真実の愛？　ふざけたことばっか言ってんじゃないわよ。
「人間の基本だね。でも、自分を愛せないと人は愛せない。自

己愛さえ持たない人間は、ずっと孤独だよ」
　コウがラーメンを食べ終わり、煙草に火をつけた。
　孤独でいいわ…。それは何にも心が揺らがなくて、私を心地よい絶望へと誘ってくれる。
「あなたは、誰かを愛している？」
　コウは一瞬だけ瞳を閉じ、何かを考えた後、「さぁね」と笑って答えた。
「真理はあるの？」
「私にはない。だから自分も愛せない。消えてなくなればいいと思う。私は明日消えても、きっと何も思わない」
　薫のことが一瞬、頭によぎったけれど、なんとかかき消した。
　あれは愛なんかじゃない。あれは償い…。
　この世界のすべてがいらない。
　でも自分が一番いらない。必要ない。

　店を出ると、陽射しはすっかり隠れてしまっていて、代わりに雪がハラハラと散っていた。
　私たちはどちらともなく、「じゃあ」と言ってそれぞれの場所へ帰っていく。
「あのさ…」
　コウの声に私は振り向いた。
　新雪は柔らかく、私のブーツを飲み込む。
「最後の部分は共感するかも」
　降り続ける雪に紛れたコウは、まるで天使のようだった。
「…何？」

「明日、自分が消えても、俺はなんとも思わない」
　クルリと後ろを向き歩き出すコウに雪は絶え間なく降り注ぎ、それはまるで白い羽根のように私の目には映った。
　あなたはそうだった。
　あなたは私と同じで、誰よりも自分が消えることを望んでいたね。

　いつものように仕事に向かう。
　私は裸になり、男のモノに貪(むさぼ)りつく。
　見上げると、だらしない顔をした中年の男が佇んでいた。
　さっきまで一緒にいた、あまりにも綺麗な顔の男とのギャップに苦しみ、ついつい苦笑いしてしまう。
　男は荒々しく私をベッドに寝かせると、その欲望のすべてを私に吐き出した。
　私を支配しているという自己欲求。
　この仕事をするたびに、人間の汚さが身に染みてわかる。
　そして私もこいつらと同じ人間で、たぶん汚いんだ。
　ただ、同時にこうも思う。
　汚いことは悪いことなの？　綺麗なことは良いこと？
　皆、きっとわからなくて、ただその言葉を使っているだけ。
　綺麗なことが美しいという、真意を教えてよ。
　愛してるという言葉さえも、皆よく理解もせずに使う。

　男は吐き出した後に満足そうに煙草を吸った。
「なんでこんな仕事をしてんの？」

ニヤニヤしながら聞いてきた。
　なんとなく嫌な感じの、初めての客。
　詮索すんなら、この場に来るな。
「お金、欲しいんで」
　それ以外に、理由なんか見つけられる？
「僕の愛人にならない？」
　これもよくある口説き文句。
　なりたくないから、体を売っている。
　誰かのものって位置づけられる関係が嫌なんだ。
　私は誰にも支配されない代わりに、誰も支配したりなんかしない。
　誰かを大切に思ったり、誰かの所有物になったら、その途端に身動きがとれなくなってしまうじゃない。
「考えときます」
　ニコリと微笑む私に、客は5万円を置いていった。
　私はといえば、事務所に帰れば今日の分の働き20万とプラス5万か…などと考えていた。

　事務所に足を運ぶと、ナナがパソコンの前で難しい顔をしていた。
　私に気づくと、いつものにこやかな顔になって微笑んできた。
「お疲れさま」
「疲れたよ、まったく…。4人もつけるからさぁ」
　笑いながらナナは現金でお金を渡してきた。
「ナナさぁ、今、どこのホスト行ってんの？」

「ホスト？ 『one』とか『カリスマ』とかかなぁ？」
　ナナが口にしたホストクラブは、両方とも老舗の有名店だ。ナナは新人ホスト君が可愛くて好きらしい。
　あのホスト大好き、あいつムカつく、ハズレだ、なんて自分の気持ちを素直に表現できる彼女を、時々羨ましく思う。

　ふーんと言いながら夜の情報誌に目を通していると、『1000の言葉』の特集が組まれていた。
　写真の中で一番大きく写っていたのがコウで、横には色恋ナンバー1と書かれていたので、少しだけ笑った。
「何笑ってんの？」
　ナナがパソコンから離れ私のソファに近寄り、雑誌を覗き込んでくる。
「別に…」
「あ〜。『1000の言葉』かぁ」
　ナナが雑誌を見ながら言う。
「知ってんの？」
「知ってるも何も、ここのホスクラのバックについてるの、秀明の組だからね」
　なるほど。うちの会社と同じ組がバックについてるってわけか。松尾がねぇ…。
「あっ、ナンバー1のコウって奴…」
　ナナが雑誌のコウを指差しながら笑う。
「相当な色枕ホストらしいよ？　まぁ、たしかにカッコいいけどね。あたしは全然タイプじゃないな。この、いかにも優しそ

うな笑顔が嘘くさ〜」
　そう言うとナナは再びパソコンに向かい出した。

　家に戻り、熱いシャワーを全身に浴びた。
　冷めた体に熱い熱が入ってくるのを感じた。
　体を拭き、冷蔵庫の中から冷えた缶ビールを取り出す。
　熱く火照った体は次第に冷めていく。
　色枕ホストか…と思い出し、笑ってしまう。
　同じことをしているんだな…。
　不思議なことに、コウとは初めから親近感に近いようなものを感じていた。
　それがなんだか笑えてしまう。
　たとえば同じ気持ちの温度の私たちが抱き合ってしまえば、一体どんな温度が生まれてしまうのか。
　同じ気持ちを持つ私たちが囁きあえば、どんな不協和音(かな)を奏でてしまうのか。
　想像するだけで、痛くて哀しい。

　次の日コウの店に行くと、コウは当たり前のように「おう！」と私に言った。
　まるで私が来るのを予想していたかのように。わかりきっていたかのように。
　席に着き、水割りを作りながらコウが尋ねてきた。
「店には来ないんじゃなかったの？」
「気が向いただけ」

どこかの卓でシャンパンの開く音が聞こえる。

席に着いていた女が私を睨んでいる。たぶんコウの客なのだろう…。

対抗心バリバリな女を見ると萎える。だから私はホストが好きじゃない。

「指名は俺でよかったの？」

「いいよ…。別に誰でもいいし」

「酷い言い方」

笑いながらグラスとグラスを合わせる。チリンと音がする。

店内はキラキラしていた。お酒も人も皆キラキラしすぎていて、「この中にどれだけの嫉妬や憎悪があるのだろう」と考えると、少しだけ怖くなった。

私たちは、特に色っぽい会話はしなかった。

必要ないと思ったし、コウも必要ないのがわかったのだろう。

本当に私は、客にならない嫌な客だな。

でもホストをリピートするのは初めてだったから、そんな自分にビックリしていた。

話をした結果、判明した共通点。

それは犬より猫派ってことと、好きな映画が同じだっていうこと。

ただそれだけ。それだけなのに、嬉しかったんだ。

「その映画、私、10回見たよ」

「残念。俺は20回は見てる」

私たちは爆笑してしまった。

その映画は、女の人が体を売っていて、最後には恋人が死んでしまうっていう全然笑える話じゃないんだけど…。
　しばらくすると、一人の男が来て、コウに耳打ちをした。
「失礼します」
　コウは私に頭を下げて、違う席に向かっていく。
　その瞳は完全に仕事モードに入っていた。
　さすがナンバー１、やっぱり違うな。

　コウの仕事する姿を目で追う。
　キャバ嬢らしき女の肩を抱き、耳元で何か囁いている。
　女はまるで恋人を見るような目つきでコウを見ていた。そしてまた、コウもその女を恋人のように扱っていた。
　その客により、違う自分を演じる。
　それができるということは、あいつはやっぱりしたたかだ。
「真理さん、嫉妬ッスか？」
「は？」
　ヘルプについたホストが私に言った。
「すっごい目で、コウさんを見てるから」
　私は大笑いしながら、グラスを口に運んだ。
「嫉妬なんてするわけないじゃん。私、別にコウのこと好きじゃないからね」
　ヘルプは、へぇと言いながら空いたグラスのお酒を作る。
「コウさんとなんか似てますね」
　脈絡のない話をいきなりするヘルプ。
「は？」

「いや、なんかあんまり人に興味なさそうだから…。コウさんも客前でしかあんまり笑わない人だしなぁ。でもカッコいいですよね、コウさん！」

瞳をキラキラさせながら語るヘルプを見ていると、なんだか優しい気持ちになってしまう。

「ドンペリ開けていいよ。でもコールは勘弁ね？　コウを呼ぶのもやめてね？」

気を良くした私は、いつにも増して気前よくなってきている。

ヘルプは「ありがとうございます」と言いながら、裏に入っていった。

その瞬間、店に一人の客が来た。

フロアは少しだけざわめいた。そしてコウが真っ先に動くのを私は見逃さなかった。

現れたのは栗色のアップヘアに白い肌をした人。

目から鼻、口から骨格。すべてにおいて恵まれた容姿をしている。

白いコートを脱ぐと、薄いドレスから細長い手足が出ていた。

爪の先に赤いネイルが光っていて、爪の先まで動きが優雅な人だ。

気だるそうに手にしたコートを揺らし、たいした興味もなさそうに、無表情で店を見回した。

綺麗だけど、性格キツそうだな。いや、綺麗だからこそ性格がキツそうに見えるのだろうか。

芸能界にいてもおかしくない彼女に一瞬、見とれてしまい、

うちのデートクラブに入ったら売れっ子になるだろうなぁなんて考えていた。

　ちょうどその時、ドンペリを抱えたヘルプが戻ってきた。
　コウは女のコートを預かり、女は微笑みながら席に着いた。
　ドンペリがグラスに注がれると、私はそれを飲み干した。
「綺麗な人だね」
「あぁ。コウさんの上客」
「へぇ。風俗かなんか？」
「あの人知らない？　ＡＶ女優で有名な氷月さん」
　これがＡＶ女優・氷月との出会いだった。
「へぇ。どうりで綺麗な体」
「あの人、めっちゃホストに厳しいんだけど、さすがにコウさんはお気に入りみたいだね」
　ヘルプはコウを憧れの眼差しで見ていた。
　コウは席で笑っている。あの人を抱くのだろうか…。
　それは絵になりすぎる光景だった。絵になりすぎるからこそ、現実味を帯びないのだろうか。

「コウさんはね、あの人が来ると必ずアフター行くから」
　枕してるってことは直感でわかった。
　そうこうしているうちに、ドンペリはあっという間になくなっていく。
　コウの席ではプラチナが空いていた。
　時計に目をやると、もう夜も明けそうな時刻になっていた。

まだ眠くないと思ったけれど、そろそろ店を出ようとした。
　ちょうどその時、コウが席に戻ってきた。
「あんまりつけなくて、ごめん」
「別にあんたに会いにきてるわけじゃないよ。勘違いしないでくれる？」
「わかってるって」
　可愛くない態度を取る私にコウは笑っていた。緑色の瞳に吸い込まれてしまいそうだ。
「私、そろそろ出る」
「帰んの？」
「ちょっとバーで飲んでくよ」
　わかったと言い、コウは私を送り出してくれた。
　フロアを歩く。
　嘘で固められた夜のお城を、私は歩く。

　送りのエレベーターが上がっていく。
　するとコウが口を開いた。
「どの店行くの？」
「Ｎってバー」
「俺、あと１時間くらいで上がれるから、待ってて」
「は？」
　空いた口がふさがらなかった。
「あんた、あのＡＶ女優はどうすんのよ？」
　そう言いかけた矢先に、コウが口を開いた。
「真理んちで映画でも見ようよ。あの話してた、大好きな映

画」
　コウの瞳が柔らかい笑みを作る。
　騙(だま)されない…。
　そう思うのに、心の奥底に僅(わず)かに残る、言葉に言い表せられない感情が、ぎゅうっと胸を押し潰していく。
「ちょっ…」
　言いかけた時には、コウはもう「あとでねー！」と言いながら、エレベーターに乗り込んでいた。
「なんだ、あいつ⁉」
　携帯も知らない。店で待つしかない。
　あいつは「NO」と言わせる選択肢さえ、この時、私に渡さなかったんだ。

　わけのわからない男。
　この男に今までにない感情を抱き始めていたことを、本当はこの時から気づいていたのかもしれない。
　いや、もっと前から……。

白い部屋。

白いベッド。

薬品の匂い…。

ここで、私は償いをし続けていた。

飛び交う笑い声。

肩を抱く男。

微笑む女。

シャンパンの開く音…。

ここで、あなたの償いたかった罪は？

あなたの孤独に光る瞳が

追いかけ続けたものは？

あなたが追い求めていたものを
私は知りたい。

きっと罪は償えないし
傷は癒せないよ。

それならせめて
一緒に並んで歩いていきたい。

二人で……。

友達のまま

「真理んちの冷蔵庫、あんまりものが入ってないね」
　冷蔵庫を開けながら、コウが呟く。
　烏龍茶を取り出して、勝手に注ぐ。
　…なんて自分勝手な男だ。
「てゆーか、なんか着るものないの？」
　シャツのボタンを緩めて、上着を床に置く。
「くつろぎすぎじゃないの？」
　クローゼットの中から、黒いスウェットを取り出してコウに投げる。
「サンキュー。てか、これ彼氏の？　男物じゃん」
　コウがシャツを脱ぎ始める、私は慌てて後ろを向く。
　男の裸なんて仕事で見慣れているけど、それとこれとは話が別だ。
「ちょっと！　いきなり脱がないでよ。しかも彼氏のじゃないから。私のだから」
「あっ、女の子が男物着ると可愛いよね」
　コウはおかまいなしにスウェットに着替えた。

コウがスウェットを着ると、そのへんのギャル男みたいになっていて、少し笑えた。
　さっきの約束通り、コウはバーに現れて、なぜか私の家に今はいる。

　さっき借りてきたDVDをセットする。
　画面からはオープニング曲が流れ出した。
　コウはクッションを抱え、ソファによりかかっている。一方の私はソファの上で寝転んでいた。
　何も言わずに画面を見ているコウ。
　私の目の前にいるコウがどんな表情をしているか、それは私にもわからない。
　茶色の髪が少し揺れるだけ。
　私は画面を見ずに、コウの髪ばかり眺めていた。
　触れてみたいな…。そう思う感情に気づいて、すぐに引っ込めた。
「観てんの？」
　コウが不意にこちらを見る。
　不意打ちはヤバい。一瞬ビクッと肩を揺らせ、無表情を装った。
　目の前に現れた緑色の瞳に吸い込まれてしまいそうだよ…。
「観てるよ」
　だから私はいつも目を逸らしてしまう。

　そっとコウが私の頬に手を触れてきた。

心臓の高鳴りを隠せない。
　それがバレないように、目を閉じてしまう。
　画面の中の声だけが響き渡る。
「ねぇ、よかったの？」
「何が？」
　コウの手が私の髪を撫でる。
　凍りついてしまいそうなくらい、冷たくて哀しい手…。
「あのお客さん、いつもアフターしてるって聞いたけど…」
　さりげなく、嫌みのつもりで聞いてやった。
　私…本当に性格、屈折してんな。
　コウの指が私の耳に触れる。
「いいよ。真理といたかったしさ」
　色恋ホストらしいセリフ。
　私に色をしているつもりなのか、したいのか…。
　それでも、こいつは私に色が通じないのをきっと知っているはずだ。
　それでもこんな言葉を吐く、コウの真意は？
「…なんて言うと、色恋ホストみたいだな」
　コウは苦笑いを浮かべ、私から手を離した。
「色恋ホストって聞いたけどね」
　本当はもっと触れていてほしかった。
　冷たくて心地よい。
　どうしてこんなに、体は正直になるんだろう。神様はどうして私たちをこんなふうに作ったのだろう。
「ははっ、そうだね。色恋ホストだな」

コウは否定しない。
「こんなわかりやすい色恋にハマって、女も馬鹿だね」
「男も、ね。みんな寂しいんじゃないか？　寂しい気持ちを食いものにして、俺たちは夢を売ってる」
　…俺"たち"？
　まるで私もと言いたげね。なんでもお見通しなのかな…。
　私が何も言わなくったって…私がしてることくらい、コウにはきっと…。

「コウ、私が一番哀しそうな目をしてたって言ってたよね。なんで？」
　コウは私の頬を両手で掴んだ。
　顔が近くて倒れてしまいそうだ。
「だって同じ瞳をしている」
　誰と？
　…そう聞こうとした瞬間、口が塞がれた。コウの唇によって。
　まるで初めてキスをした時のように高鳴る鼓動。
　沈黙の中、映画の音だけが部屋に響く。

　狭いソファの上に、コウが横になる。
　映画からはエンディングの曲が流れている。永遠の愛について唄われている曲だ。
　コウの腕によって抱き締められる。
　少しだけ甘いチョコレートみたいな煙草の匂いがした。
　コウは私の体に一切触れてはこない。ただただ抱き締めてい

た。
　ただ体が硬直して、どうしたらいいかわからなかった。
　その後は、同じベッドでいつの間にか二人とも眠っていた。
　でも、セックスはしなかった。
　私は仕事以外で誰ともセックスをするつもりはないし、コウももしかしたら同じかもしれない。
　朝焼けが眩しいけれど、寝室はカーテンのせいで薄暗い。
　眠っているコウは、小さな物音がするたびにビクッと体を動かしていた。
　まるで何かから追われるように…。
　何かに脅える子供のように…。

　夜になると、携帯に電話がかかってきた。ナナだ。
「はい？」
「あぁ、真理？　寝てた？　ねっ、いきなりで悪いんだけど仕事出れないかなぁ？」
「無理〜。眠いから〜。違う子いないの？」
「あぁ、無理？　なら、いいやー。他当たるわ！　ごめんね！」
　結構あっさりしてるな。そう思い電話を切ると、コウが薄目を開けてこちらを見ていた。
　もう外は薄暗くなっている。
「何？　仕事？」
「うん。今日は休みだよ。てか、あんたは？　仕事行かなくていいの？」

「今日は休みだから」
　コウは布団にもぐり込んだ。
「てか、あんたいつまでいるのよ⁉」
　コウは壁に背を向け、布団を被った。
　子供か。私は呆れながらコウの頭を叩く。
「コラ、起きろ！」
「やだ〜、眠い。真理、後ろから抱き締めてて」
「馬鹿じゃない！」
「こうやって、後ろから抱き締められんの、一番安心すんだ」
　私は呆れ果てながらも、コウの言う通り後ろから抱き締めてやった。

　スースーと静かな寝息が聞こえ始める。
「みつ…は…」
　途切れた意識の中で、コウが口に出した名前。
　無意識のうちに名前を口に出す存在って、その人にとって代えがたいくらい大切なものだと思う。
　──蜜葉。
　初めて会った時に、私と間違えた女の名前。
　おそらくコウは私を客としては見てはいない。
　でもコウは、蜜葉という女性と私を重ねて見ている。
　どちらが痛かったか？
　今にして思えば、客として見られていたほうが幸せだったかもしれない。
　その微妙なバランスが、私たちをこれからもっと苦しめてい

くのだから。
　そんな私の意識もすぐに消えて、コウと同じベッドで私たちは違う夢を見ていた。

　私たちは眠りにつき、起きると夜の9時になっていた。
　ベッドの隅で小さくなって眠るコウ。
　その寝顔があまりにも綺麗すぎて、もしかして死んでるんじゃないかとすら思った。
　その時、私は気がついてしまった。彼の手首にある深い傷を。
　年月が経って薄れているように見えるものの、クッキリと浮かび上がる1本の線。
　でも、見ないふりをした。誰にだって弱い部分はあるもの。
　私は冷蔵庫からビールを取り出した。寝起きから酒を飲むなんて、我ながら呆れる。
　冷蔵庫を開くと少しの食材があった。
「ご飯でも作ってやるか…」

「なんかいい匂いする…」
　コウが寝室から起きてきた。
　髪には少し寝癖(ねぐせ)がついていて、思わず笑ってしまった。
「シチュー作ったけど、食べる？」
「嘘？　俺、大好きなんだ」
　コウは笑いながら、鍋の蓋(ふた)を開ける。
「今、温めるから」
　テーブルにはシチューとサラダとパンが並ぶ。パンも手作り

だったりする。
　コウがパンに触って、「あったけぇ。はっ？　パンって作れるもんなの？」と驚いていた。
「うまっ！　真理、料理できるんだ？　結構、意外…」
「別に普通だって」
「カレーとか肉じゃがとかは結構作ってくれる客いるけど、シチューって新鮮」
「はぁ？　そぉかぁー？」
　コウは思いのほか、ご飯を美味しそうに食べてくれた。
「いや、マジ美味いから。料理の達人だな」
　なんて言いながら、鍋にあるシチューをおかわりする。
「やめてよ。こんなん、誰でもできるって」
　私はシチューをつつきながら言った。
　自分で作ったからなのか、美味しいのか不味いのかはいまいちわからない。

　コウは満足したらしく、ソファに寝っ転がりながら煙草を吸い始めた。
「コウ、いつまでいるの？」
「帰んの、めんどい」
「ウザいから」
「…んだよ。あっ！」
　コウは思い出したかのように、脱ぎ捨てたスーツの中から携帯を取り出した。
　そして携帯を手に持ち、私に見せた。

「着信 57 件。メール 25 件」
　少し苦笑いしながら頭をかく。
「ナンバー 1 さんは大変ね」
　私は食器を洗いながら、コウのほうを振り返った。
　そしてコウはメールを 1 件 1 件返し始めた。
　今、コウは電話番号さえ知らない女といる。そんなこと誰が思うだろう。
　そう考えると少しおかしくなってしまった。

　食器を片付け終える頃には、メールの返信は終わっていた。
　でもすぐに折り返しのメールが来ていた。
「休む暇もないわねぇ」
　コウは白い最新機種の携帯を再びスーツにしまった。
「そろそろ帰るわ」
　借りたビデオを抱えると、コウはスーツに着替えた。
　電話番号を聞こうと思った。なぜか聞こうと思った。
「「あのさ」」
　声がぴったりと重なる。
「何？」
「コウから言って」
「真理から言えよ」
「やだ。コウから言って」
「じゃ、せーので言おう」
　舌を出してコウが笑う。
「「せーの」」

「「携帯教えて」」
　二つの声が合わさると、お互い顔を見合わせて大笑いした。
「同じこと言うなよ」
　そう言いながら、コウはさっきの白い携帯じゃない携帯を私に差し出した。
　騙されてるって笑う？
　でもね、それだけのことで「私はコウの特別なのかな？」って嬉しくなったんだよ。
　そんなことは、死んでも口に出したくはなかったけど…。

眠る時に
何かに脅えるように
肩を震わせていたあなたの
生き急ぐ本当の理由を
私は知らずにいた。

今の私は
あなたに何もしてあげられない。

何も理解してあげられない。
何も許してあげられない。

けれど…
温めてあげよう。
あなたを抱き締めてあげる。
私のすべてをかけて。

過ちはいつか
優しい想い出とともに
宝物になるんだよ。

二つの誓い

　12月の中旬に入り、街はすっかりクリスマス色で彩られていた。
　行き交う人々の足跡が白い雪で染められていく。
　コウはあれから、2日に1回は必ず家に来ていた。
　何をするわけではない。それはただの友達のような関係だった。

「真理ぃー。何読んでるのぉ？」
　事務所でナナが、私の読んでいた雑誌を覗き込んだ。
　甘い香水の香りが私を包む。
「クリスマス特集かぁ」
　ナナが私の手から雑誌を奪い取り、パラパラとめくり始めた。
「ナナは今年どうするの？　仕事はしないんでしょ？」
「だねぇ。クリスマスくらい、みんな彼氏といたいだろうしね。あたしは秀明と過ごすよ」
　そっかぁ、と雑誌をめくっていると、メンズのプレゼント特集が組まれていた。

"彼氏に上げたいクリスマスプレゼント"
　ありがちな謳い文句だな、と鼻で笑った。
「真理は？　暇ならあたしらと遊ばない？　秀明の友達も来るらしいしさ。しかも超イケメンだよ！」
　あ…このネックレス、コウに似合いそう。
　雑誌には、メンズのプレート式のシンプルなネックレスが載っていた。
　シンプルなとこがコウっぽいな。これならつける人を選ばなさそうだし、似合いそう。
　クリスマスにコウと会う約束なんかしてないし、コウもたぶん予定が入っているだろう。
　そんな特別な日に、恋人でもなきゃ、金になりやしない私と過ごすとは考えにくかった。
「真理ってば！　聞いてる？」
　目の前でナナが私の顔を覗き込んだ。
　ピンク色のグロスをつけた唇がウルウルとしている。
「あっ、ごめん。クリスマスね。いいよ。遊ぼう」
「わかった！　楽しみだよね。イケメン、イケメン！」
　ナナがクリスマスソングを口ずさみながら机に向かっていると、電話が鳴った。
「真理ちゃんですか？　はい、空いてますよ」
　浮き足だった気持ちが、仕事の電話で一気に現実に戻された気がした。

「んじゃ、2時間後に迎えにくっから」

秀明が私を降ろす。私はエレベーターに乗り、指定された部屋番を探す。
　現実とはいつも残酷かもしれない。
　もしもコウが知ってしまったら、彼は私になんて言葉をかけるのだろう。
　もっとも口に出さないだけで、彼は大抵のことに気づいているんだろうけど…。

「真理ちゃ～ん」
　部屋の奥には、バスローブ姿の男が立っていた。
「松本さん、いっつもありがとうね」
　微笑みながら抱き締める。
　松本さんは常連で、私がこの仕事を始めた頃からの付き合いだ。
　30代前半で、まだ若いながらも会社を設立していて独身。顔も悪くない。
　私を本気で好きらしく、結婚も何度か申し込まれている。
「真理、会いたかったよ」
　松本さんが私の体に触れてくる。
「私もですよ」
　優しく微笑む私を、彼はとても愛してると言う。私の人間性にとても惹かれると言う。
　でもそれは、私なんかじゃない。微笑む私は偽物だから。
　これはビジネスだと割り切ってやっている。
　崩れ落ちてしまえば、私は私を保てなくなるかもしれない。

私はもっと汚れたい。
　真っ黒に塗り潰されたい。
　泡のように消えて…。
「真理、真理」
　松本さんは、私にキスするのが好きみたいだ。
　私の唇に吸いついてくる彼を見ると、本気の殺意が湧いてくる。
　でもそれは、彼自身にじゃないかもしれない。
　私自身にだったのかもしれない。

　キスをしながら彼は私の服を脱がし、胸を優しく触る。
　優しく扱われるほどに嫌になる。
　行為も目的も同じであるならば、そこに感情が含まれるのが非常に厄介だ。
　ただ、暴力的に私を支配してほしい。
　それでも今の時間だけなら、私は耐えていられるから。
　これが永久に続くというなら、私は地獄を見るのだろうけど。
　松本さんは丁寧に私を愛撫し、ゆっくりと自分のモノを挿入してきた。
　早く意識を殺してしまえ…。
　子供に戻ったように、何も感じない心を持ちたい。
　こんな自分は自分じゃない。
　天井に飾られた嘘臭いシャンデリアが、偽物の光を放っている。それはただ悲しいだけ…。
　彼は私の中で果てた。

軽く弾む息の中から、煙草の匂いがした。
　でも、あの甘い香りはやっぱりしなかった。

「真理はクリスマス、どうするの？」
　セックスを終えた後、松本さんは顔色をうかがうように私に尋ねてきた。
「クリスマス？　友達と遊ぶかな？」
　恐れていた質問をされ、私は煙草を吸いながらなんでもない顔で微笑んだ。
「そうか…」
　彼は私を誘いたいのだろう。
　そんなに私が好き？　全部が作られた、こんな私を。
「じゃ、これ少し早いけど」
　彼の手からピンク色の小さな箱が差し出された。
「わ！　なぁに？」
「クリスマスプレゼント」
　照れ臭そうに彼が微笑む。
　リボンを外し箱を開けると、中からは小さなダイヤのついた、そこそこの値段がしそうなネックレスが出てきた。
「わぁ、可愛い！　いいの？」
　彼はコクリと頷いた。私はネックレスを身につけ、彼に向かって微笑んだ。

　ホテルのロビーで彼を見送った後、秀明の迎えを待っていた。
　鏡に映った、本物のダイヤを身につけた偽物の私。

酷く滑稽で、思わず笑みがこぼれてしまう。
　なんだか酷く疲れてしまったようだ。
　ネックレスを外し、それを無造作にコートのポケットに放り込んだ。
　──プップー。
　車のクラクションが聞こえてくる。
　凍りついた地面で転ばないように、慎重な足取りで車に向かった。
　夜の街を車の窓から見つめていた。
　行き交う人々がみんな笑っていて、クリスマスのイルミネーションが光っていて、なぜか私だけこの街で浮いてるような気がした。
　でも、私だけじゃない──。

「秀明！　止めて！」
　車の中から、無我夢中で叫んでいた。
　人々の中で。雪の中で。紫色の空の下で。
「家までじゃねーの？」
「ごめん、ここでいい」
「すぐ済む？　なら待っててもいいよ」
「ううん、帰ってて」
　私は秀明の返事を待たずにドアを閉めた。
　秀明が、その一部始終を見ていたことは後に知ることになるのだけど、それはまた別の物語。
　とにかく早く行かなければ、あの後ろ姿は消えてしまう。

人々の群れをかきわけながら、ただあの光の元へと…。
　彼を見つけてしまうと、追いかけたくてたまらない衝動にかられる。
　私だけじゃない。きっと誰もが…。
　それくらい、強烈な光を放っている。

「ねぇ、ちょっと」
　いきなり肩を掴まれて、凍っている道に足を取られた私は、その場に尻餅をついてしまった。
　振り返ると、若いホストがたたずんでいた。
「ごめん！　大丈夫？」
　私はイラつき、コートについた雪を手で振り払う。
「大丈夫」
　無愛想な口調で答えているのに、ニコニコと愛想よく話しかけてくるホスト。
　……ムカつく。
「てか、何やってんの？　店に飲みに来ない？」
　男に行く手を阻まれてしまう。見失ってしまう…。
「行かない。てか、どいてよ」
　男は強引で、前を譲らない。
「ちょっといい加減にしてよ！」
　声を張り上げた瞬間、後ろからグイッと腕を引っ張られた。
「何やってんだよ！」
　後ろを振り向くと、コウがいた。
　でもその言葉は、私に発しているものではなかった。

ホストへとまっすぐに向かうコウの目。

「コウさん！」
　若いホストは、顔を青ざめながらコウに一礼をした。
「この子、俺の客なんだけど」
　コウが少し荒々しい口調で、吐き捨てるように言った。
「す、すいません！　俺、知らなくて…」
　男は逃げるようにしてその場を去っていった。
　雪がその姿をあっと言う間にかき消していく…。
「派手な尻餅ついてると思ったら、真理なんだもん」
　コウは再び優しい口調になり、私を見ながらクスクスと笑った。
「うるさいなぁ」
「そんなに慌てて、どこ行こうとしてたんだよ？」
「別に。それよりあんた、何してんのよ？　店は？」
　…しらじらしい。ハッキリとコウを追いかけてきたと言えればいいのに、何かが私を素直にさせてくれない。
「ちょっと店の系列に用事があってさ。一応、幹部だからね」
　コウは『1000の言葉』で肩書きがついていた。
「あっそ」
　代表代行やら、チーフやら、店長やら、なんだったかは忘れたけど…。
　夜の世界はなかなか肩書きが複雑なのだ。

「クリスマス…か」

コウは街に飾られてるイルミネーションに目をやりながら、まるで独り言のようにつぶやいた。
　口から出る吐息は白く空を仰いで、すぐ消えた。
「クリスマスだね。ホスクラはクリスマスも営業でしょ」
　私もイルミネーションに一瞬、目をやった。ほんの少しの期待を込め、尋ねた。
　私にしては、ものすごく勇気のいる行為だったと思う。
「…だね。また朝まで潰されんだろうな」
　コウは頭をかきながら、苦笑した。
「真理はクリスマス、何してんの？」
「別に。普通に過ごすよ」
「そっか。あっ…。てか、店に戻らねーと」
　それ以上は追及せず、コウは腕時計に目をやってから私を見た。
「そっか。じゃね」
「危ないからタクシーで帰れよ？」
「わかってるよ。じゃあね」
　その辺に停まっていたタクシーに乗り込もうとした瞬間、コウが駆け寄ってきた。
「家、行くかも」
　それだけ言い残し、再びあの光の中へ消えていった…。
　自分の心に明かりがともるのを感じた。
　単純すぎる…。

「どこまで行きますか？」

タクシーのラジオからは、クリスマスソングが流れていた。
　いつもはうざったいそれすら、今は愉快に胸に響いてくる。
「えぇと…その前にスーパー寄ってもらってもいいですか？」
　コウが家に来る前に、私は必ず料理を作るようにしている。
　とは言ってもそんなに気合いの入ったものではなく、無難なものをいつも作っていた。
　コウは約束を破らない。
　来る前は大抵、電話かメールが来る。
　そしてどんなに酔っぱらっていても、どんなに遅くなっても、コウは必ず約束を守ってくれた。
　だから私はいつもコウを待っていられた。

　今日も朝方になるだろう。
　サバの味噌煮を作り終えた頃には、ストーブの前でいつの間にか眠ってしまっていた。
　──ピンポーン。
　玄関からチャイムが鳴り響き、確認もせずに扉を開く。
「わっ！」
　コウが少し驚いた表情をする。
「いきなり出てくんなよ。確認くらいしろよ」
「あっ、忘れてた。てか、今、何時？」
　目をこすりながら、窓に目をやるとまだ薄暗い。
　冬の夜は長い。だから時間の感覚が麻痺してしまう気がする。
「今、6時」
　コウが私のクローゼットから勝手にスウェットを取り出し、

着替え始めた。
　すっかり私の家の構造は理解しているらしい。

　台所に行き、鍋の中身をチェックする。
「温めようか？」
「うん。いつもわりぃな」
「別に…。こんなの、残りもんだよ」
　残りもんだよ…。わざわざスーパーに寄って、材料を買ってきたくせに、どうして私ってこんなことしか言えない人間なんだろう。
　火をかけると、いい匂いが部屋中を駆け巡った。
　コウはストーブの前に横になり、携帯をいじっていた。
　客にでもメールをしているのだろう。
「ていうかさ…。コウ、家に帰ってんの？」
　文字を打っていた携帯をバチンと閉め、コウは私を見つめた。
「帰ってないなぁ……。遠いんだもん。真理んちのほうが近いしね」
　その言い方に少しムッとした。
「うちは宿じゃないわよ」
「……なんて言い訳だよ。お前といたい…のかな？」
　嘘臭い言葉…なんてわかりつつも、上昇してくる体温を誤魔化すよう、プイッと大袈裟にそっぽを向く。
「嘘くさ…」
「なんかこの家に来るといっつもあったけぇし、あったかい料理もあるしさ…。なんか家って感じがする」

コウは少し寂しそうな瞳をしていた。
「意味わかんないね」
　コウは少し考えながら口を開いた。
「ん〜。小さい頃さ、学校から家に帰ると母親が料理をしてて、いい匂いしてきたり、家は常に暖かかったりしたろ？　そういうイメージ？」

　台所の鍋からはカタカタ音がして、私は火を少し弱くした。
　中まで温かくなるには、もう少し時間がかかるだろう。
「それを真理んちに来ると思い出す」
「幸せだったんだね」
「まーね。母さんしかいなかったけど」
　コウが自分のことを話すのは初めてかもしれない。
「お父さんは…？」
　コウはただ少し笑いながら首を横に振った。
「親父はいないんだ。産まれた時から」
「お母さんと二人かぁ」
「お袋も死んだけどね…」
　コウは少しだけ窓の外に目を向けた。だから表情は見えない。
　初めて話してくれた孤独。
　でもあなたは、何ともないふりをしていたね。
　だから私も、かける言葉さえ上手く見つけられなかった。
　外が少しずつ明るさを増してきた。夜はもうすぐ明ける。

「お母さんって何歳の時に亡くなったの？」

「15歳の時。義父もいたけど、俺の親父じゃないから。本当の親父は奥さんがいる人だったんだ。だから、お袋は俺を一人で産んで、それから義父と結婚した」
　コウは私の瞳を見ないまま話をした。
「そっかぁ…」
　私もやっぱり何も言えなかった。
　こんな時、気のきかない自分の性格が嫌になる。
　今は何を言っても、コウを傷つけてしまいそうで。
「真理んちは？」
「私…？　私の家は…」
　私の家は…。
「別に言いたくないならいいけど…」
「お父さんと、お母さんと…それに妹がいる。お父さんは無口だけど優しくて、お母さんは料理が上手で、妹はとっても可愛かった…」
　思い出を繋ぎ合わせるように…。目を閉じて浮かんでくるのは、幸せな家族。
　でもそこに、私はいなかったんだ。

　私は一人、幸せそうに笑ってはいなかった。
　ご飯を食べ終えた頃には、すっかり空が明るくなっていた。
　雪は降っていないが、今日は寒そうだ。
　雪が降らない時ほど、外は冷えてしまうものだ。
　外からは会社へ向かう人々の声が聞こえた。
　私たちの休息の時間は、夜じゃなく今からだった。

「おやすみなさい」
「はいはい、おやすみ」
　シングルベッドは二人で入るには狭すぎる。でも同時に幸せすぎる感情も湧いてくるんだよ。
　安心感と窮屈さの、矛盾した感情の板挟み。
　どちらかが勝ってしまった日でも、私たちは一緒にいることができるのかな？
　できるなら、安心感だけで眠りにつきたい。
　あなたと、二人…。

「いってきます」
　コウは最近、私の家から店に向かう。
　私の家には少しだけコウのものが増えた気がする。
　それが嬉しくて、怖い。
　いつの日か少しずつコウのものが消えていき、いつの日かあなたさえも消えてしまったら…。
　一度知ってしまった幸せや喜びを失うのは、怖いね。

　私はその日、久しぶりに街へ買い物に出た。
　デパートはすっかりクリスマスカラーで埋め尽されていた。
　どこに行ってもクリスマス。緑と赤ばかり。とどめはクリスマスソング。
「クリスマス限定なんですよぉ」
　宝石屋の年齢不詳の女が愛想笑いを浮かべ、私に話しかけてきた。

「彼氏さんに贈り物ですかぁ？　それならこちらとか人気ありますけどね」
　店員は次々と商品を手に取り、私に勧めてきた。
　私も愛想笑いで返す。
「これ、ありますか？」
　私はこの間見ていた雑誌のアクセサリーを店員に見せた。
「ありますよぉ。こちら、すごく人気なんですよね。ペアになっていて、カップルで購入される方も多いんですよ」
　店員は聞かれてもいないことまでペラペラと喋り出した。
「じゃ、これをペアで」
「文字彫れますけど、何か入れますかぁ？」
　クリスマスに約束はないけれど、カップルでもないけれど…。
　そんなことを思いながら、私はアクセサリーを購入した。

　デパートの外に出ると、やっぱり予想通り外は寒かった。
　空気がキラキラしている。
　空は紫に染まっていく。
　ここに私たちの生きるべき夜がある。

　それからコウは私の家に何回か来たけれど、私たちはやっぱり約束を交わすことはなかった。
　それどころか、クリスマスの話すらまったく出てこなかった。
「メリークリスマス！」
　ピンク色のシャンパンがグラスに注がれる。
　白いクリスマスツリーが飾られて、電光が光っている。

部屋はピンクと白で統一されていて、キャラクターもののヌイグルミが所狭しと部屋を埋める。ナナらしいなって思った。
　すでにお酒が入っていて、絡んでくるナナを秀明がなだめていた。
　ほんと、お似合い。
「もう少しかな…」
　秀明はチラッと腕時計に目を落とす。
　私も壁にかけられた時計を見ると、夜中を回っていた。
「あいつ、遅い！　イケメンだからって調子こいてんじゃねぇよ！」
　ナナがシャンパンを自分のグラスに注ぎ、ブツブツ文句を言っていた。
　本当に……酒癖悪いなぁ。呆れながら自分のシャンパングラスに口をつける。
　どうやら秀明の友達が来るらしく、遅れているみたいだ。
　なんかナナがイケメンだとか、ギャーギャー騒いでいた気がする。
「てか、あんたの友達は仕事何やってんの？」
「あぁ…。まぁ、バーみたいな…」
　言葉を濁しながら、秀明が少しだけ気まずそうに笑った。

　──ピンポーン。
　家のチャイムが鳴ると、すでにできあがっているナナが一目散に玄関へと駆けていった。
「やーん。会いたかったぁ」

さっきの不機嫌さとは打って変わって、ナナがその男に抱きつく。
　すると秀明が少し怒って、ナナとその男を引き離す。
　その光景が少し微笑ましかった。
「ナナちゃん、酔いすぎだから！」
　ナナの頭をペシペシと叩き、人なつっこそうに笑う男がそこにはいた。
「真理〜。秀明の友達のスワチだよ〜」
　ナナが紹介すると、私に顔を向け、やはりスワチは人なつっこい笑顔で笑う。
　笑うとエクボができて少し幼くなる。
　秀明やコウと似た傾向で、まぁ今時といえば今時なんだけど、私よりワントーン明るい茶髪のウルフカット。垂れ目がちの目が、笑うとますます垂れる。
"日サロにでも通ってんの?!"と聞きたくなるくらい黒い肌に、剝き出しになった白い歯が目立つ。
　整ってるんだけど、馴染みやすい。
　コウや秀明はどっちかというと近寄りにくいんだけど、スワチは誰にでも受け入れられやすい印象だった。
「スワチです！　遅くなってごめんね！」
　喋るとますます親しみやすくて、大きい声なのに優しい。
　動くたびに、左耳につけたピアスが揺れて光っていた。
　私の前に突如として現れたこの男。
　いつも笑っていて、明るさの象徴なような笑顔を見せる。
　彼の生き方は前向きさで充ち溢れてる。

それが彼の最初の印象。
　このスワチとの出会い──。
　この出会いがいろんなことを揺るがしていくなんて、知るよしもなくて…。

　スワチというのは、名字から来たあだ名らしい。
「変なあだ名！」と、いつものように言い放った私に、「真理ちゃん、ひど〜い」とスワチは泣き真似をした。
　私と同い年で、スワチの明るさのおかげで、人見知りの激しい私もすぐに打ち解けられた。
　私たちは、飲んで飲んで飲みまくった。
　そのうちにナナが潰れて、秀明が彼女に毛布をかけた。
　スワチはお酒が強いらしく、もともと高いテンションはたいして変わらない。
　ノリノリで歌って踊って、今にでも脱ぎ出してしまいそうなテンションだ。
「真理ちゃん、携帯教えてよ」
「あっ、いいよ」
「今、ワンコするから」
　時刻はもう朝方を向かえていた。
　明るさが増した空が、それを物語っていた。
「ワンコしたけど、来た？」
「え？　来てないよ。あっ！　私、マナーモードにしてるかも！　ちょっと見てみるね！」
　鞄から携帯を取り出し、画面を見て私は唖然としてしまった。

「秀明、スワチ、ごめん！　私、帰る！」

　ナナの家を出ると、走っていたタクシーをすぐに停めて乗り込んだ。
　携帯を開き、電話をかける。
「現在、電波の入ってない場所に──」
　携帯から無機質なアナウンスが流れ始める。
　携帯を見てビックリしたのは、コウからの着信が５回も入っていたから。
　慌ててマンションに入ろうとすると、私の部屋の前のドアにもたれかかりながらコウが眠っていた。
　目をつむるコウの顔は綺麗すぎて、やっぱり生きているか不安になる。
　横には四角い箱。ケーキでも買ってきたのだろう。
「コウ？　コウ？」
　私はコウの顔を軽く叩く。
　いつからいたのだろう…。
　コウの体は冷えきってしまっていた。
　どうして……。あんたはいつからここで、私を待っていてくれたの？
「ん…真理？」
　コウのまつげがピクリと動き、ゆっくりと薄目を開けた後、子供のような目で私を見た。
　それはまるで、お母さんに置いていかれた子供のようで。
「ごめん。気がつかなくて…。てか、家に入って？　風邪ひい

ちゃうから…」

　部屋に入り、一目散にストーブをつけた。
「今日、来るとは思わなかったから…」
　コウにコーヒーを差し出した。
　その時、少しだけ触れた手がやっぱり冷たかったから、なんだか悲しい気持ちになった。
「いや、俺のほうこそ約束もしてないのにごめんな？」
　困ったように笑うコウに、首を横に振る。
　ストーブの熱が少しだけ部屋を暖めてくれた。
「ケーキ？　クリスマスケーキ？」
　持ってきた箱を指差し、言う。
「違う」
「ケーキでしょ？　開けていい？」
　四角い箱を開けると、そこには丸いケーキにイチゴがいくつか乗っており、中央のチョコレート部分には"ハッピーバースデー"と書かれていた。
「誕生…ケーキ？」
　私がコウを見つめる。コウは少し寂しそうに私を見つめて、すぐに逸らした。

「もしかして…今日って誕生日？」
　コウは私の目を見ずに、静かに頷いていた。
「自分でケーキ買うなよって感じだよね。俺、どれだけ寒い奴なんだか…」

「ごめん。私、知らなくて。てか、クリスマスに誕生日ってのもすごいね」
「よく珍しがられるけどね」
「じゃ、今日はバースデーイベントだったんじゃないの？　忙しかったんじゃないの？　いいの？　私の家になんか来て？」
　もっと他に言いたいことがあるはずなのに、上手くまとまらない。
　もっと大切なことが、あったはずなのに……。

　するとコウは、スーツのポケットから包み紙を出した。
「これを渡したくて」
「何、これ…」
「クリスマスプレゼント」
　それは小さな箱で赤いリボンが巻きつけてあった。
　包み紙を開くと、ピンクの小さな石がついたシルバーのネックレスが入っていた。
　鼓動が高鳴り、顔を上げた。
「どうして?!」
　見上げると、コウはやっぱり微笑んでいた。
　私はこんなに優しく笑う人を見たことがない。
　そんなに優しく、私を見ないで…。
「好きだよ」
　ただその一言が…。
　差し出された手が…。
　求めていたものだったの。

私もたぶん、あなたに初めて会った日からあなたにずっと惹かれていたから…。

「馬鹿…。どうすんのよ、ネックレス二つも…」
　鞄の中からプレゼントの入った箱を取り出す。
「誕生日なんて知らなかったから、1個しか用意しなかったじゃない！」
　向き合ってしまえば涙がこぼれそうだったから、コウの目を見ないで話す。
「ネックレス？」
「ペアなんだよ…。私のも、ほら…」
　私が首からぶら下げたネックレスをコウに見せる。

「まり？」
　コウがネックレスのプレートの裏を太陽に当てて読んだ。
　私のつけているネックレスもコウに渡した。
「普通、逆じゃね？　自分の名前のネックレスじゃねぇの？」
　私のネックレスには、KOU。
　コウのネックレスには、MARI。
　そう記されていた。
「うっさいよ！　もし、どちらかが記憶なくしたりしても、ネックレスにお互いの名前が彫ってあったら、お互いがどれだけ想い合っていたか確認できるでしょ?!」
　お互いが、どれだけ想い合っていたか…。
　素直になれない私の、精一杯の愛情表現だった。

「なんだよ、それ？」
「……つまり……私もコウが好きなんだよ！」
　あぁ、もう恥ずかしすぎる。今すぐこの場から消えてしまいたい。
　ただ好きな人に好きと言う、そんな簡単なことに、こんなに時間がかかりすぎてしまうなんて…。

　顔を上げると、コウは優しい顔をしていた。
　初めてコウの目をちゃんと見ることができた気がする…。
　そしてコウは私を抱き締めた。
「誕生日、おめでとう」
　冷えた体はすっかり温まっていて、コウの体から熱を感じる。
　この部屋に、今は二人だけ…。

コウのネックレスには "MARI"。
私のネックレスには "KOU"。

もしもどちらかの記憶がなくなり
どちらかの意識も失われ
大切なものさえも
見失ってしまったとしても…。

お願いだから私を思い出して。
あなたをこんなにも想っている
私を思い出して…。

大切にしていた時間が
たしかにここにあったということを…
お願いだから覚えていて…。
私たちの過ごした夜は
もう来ないかもだけれど…。
私の胸には
コウの名が刻まれたネックレスと
コウがくれたネックレス。

輝いてるよ。
あの日
二人で過ごした日々たちは…。

過傷

その朝は、なんだかくすぐったかった。
お互いの想いを知ってから、初めて迎える朝。
とは言っても、時間はもう夕方近くになってしまっていた。
カーテンの隙間から、夕暮れのオレンジ色。
コウの頬がオレンジに染まっていた。
それを見て、なんだか綺麗だなって思ったんだ。
覚えてる?
私たちが初めて結ばれたのは、クリスマスイブだったね。
そのせいで、この日のことは一生忘れられそうにないよ。

「ん〜…真理…」
「コウ? 起きた?」
「ん…。今、何時?」
「4時だよ?」
　コウの腕が私の体に伸びてきて、私を抱き締める。
　なんにも覆われてない、私たちの剥き出しの体が妙に温かくて、そして照れ臭い。

誰かと一つになることは、こんなにも温かくて幸せだ。
　今まで誰かに抱かれたって、誰と体を合わせたって、こんな感情が芽生えたことなんかない。
　涙が落ちそうなくらいの幸福感を、その日初めて知ったような気がする。
　コウが私の唇にそっと触れる。
　キスをするだけで、こんなにも私の感情は震えている。こんな感情は今まで知らなかった。

　唇を合わせると、夕焼けのオレンジ色が私たちを包みこんだ。
「ねぇ…。コウは私のどこが好きだったの？」
　それは、ずっと抱き続けていた疑問。
　どこにでもいるような女だよ。特別なものなんか、何一つない。
「んー…顔…かな？」
「顔?!　顔かよ！」
　私はコウに激しい突っ込みを入れた。
「んじゃ、逆に聞くけど真理は俺のどこが好きなの？」
　私はしばらく考え込んだ。
　コウのどこが？
「えっと………顔かな？」
「お前もだろうが！」
　コウが私の体をくすぐる。キャーキャー言いながら、私たちは狭いシングルベッドでじゃれあっていた。
　顔だよ、確かに。

でも、そういうことじゃないの。
コウの笑った顔が好き。
あなただけは、何時間見ていても飽きない。何時間でも見ていたいと願う自分がいる。
あなたを彩るすべての細胞に、私の細胞が反応するの。
それが理由。
どこが好きかなんて人に聞かれても、その理由を明確に説明するのなんて無理なんじゃないかな？
それは言葉にできない、心の奥にある、深い深い感情。

笑っていたコウが、突然、真剣な顔になる。
「付き合おうだなんて無責任な言葉は今は言えない。俺はホストだし、こんな状況でそんなこと言えるわけない。でもさ、いつか…」
話は途切れた。
コウの緑色の瞳だけ、夕焼けに照らされて強い光を放っている。
わかっている。わかっているんだ。
言葉なんて、約束なんて、時に無力だから。
コウの口から出た蜜葉という存在。私の職業。
すべてを消化するためには、時間がかかりすぎる。
受け入れるには、まだまだ子供すぎる。
ただ、今は何も言わないでいて。
隣にある、コウという生命を抱き締めていたい。
答えはいつか出るのだから。

出したくなくても、答えを出さなければいけない日は来るのだから。
　いつか自然に……。
　それがたとえ、絶望しか残らなかったとしても……。

「私はね、たしかにコウに惹かれてる。でも、人を愛するっていう真意がわからないの」
　コウは私の体に触れた。緑色の瞳にはちゃんと私の姿が映っている。
　だから今はそれだけでいい。
「俺も…。でも俺、真理を見つけてしまう。街にいても、どこに行っても、いつも真理を探してた。今はそんな気持ちだけで十分なんじゃないかな？」
　上手くなんか説明できなくていい。
　そこから湧いてくる"愛しい"と思う感情に、名前なんかいらない。
「うん…。コウ…私…」
「言わなくていい。言いたくなったら、言えばいいさ」
　オレンジ色が私たちを包み込んでいく。
　まるでこの世界に私たちしかいないみたいだ。
　そして私は、確かにそんな世界を望んでいたんだ。

　その日から、私たちはずっと一緒にいたよね。
　付き合ってほしいなんて、言葉だけじゃ意味なんかないよね。
　言葉は時に不必要な場合がある。

あなたにふさわしい私なんかじゃなかったね、あの頃は…。

　次の日の朝。
　私は早朝から病院へと向かった。
　病室はいつもと変わらない静けさに包まれている。
　そして時間を止めたままの薫も。
　院内に飾られていたクリスマスツリーは外されていた。
「薫、メリークリスマス。あんたは一体いつになったら目覚めるんだろうね？」
　薫の手を握り締める。
　薫の手はやっぱり温かくて、時間を刻んでいないように見えても、確かに時間は動いているのだ。
　茶色の分厚い封筒を机に置き、私は部屋を出る。
　小さな箱に入ったテディベアを置き去りにしたまま…。

　仕事に行かなくちゃ…。
　病院を出た時には、昼の12時を回っていた。
　今日は昼から仕事が入っている。
「おはよん、真理」
　ナナはすっかり二日酔いのようで、青ざめた顔をして事務所のパソコンに向かっていた。
「おはよ、ナナ。なんか顔色悪いよ？」
　ナナは冷蔵庫から栄養ドリンクを取り出すと、それを一気に流し込んだ。
「昨日も飲んでたんだよね、ホスクラ行ってさ。てか、おとと

いはどうしたのさ？　起きたら、いきなりいなくなってるんだもん」
　飲み干した栄養ドリンクをゴミ箱に捨てる。
「ごめん。いきなり用事が入っちゃってさぁ」
　両手を合わせてナナに謝ると、ナナは再びパソコンに向き合った。
「いいんだけどさ…。ていうか、スワチ、マジでカッコよくない？」
「スワチ？」
　首を傾げ、一瞬、考え込む。
　あぁ…。あの番号を交換した男か。
　優しく笑う、明るい男。
「あぁ…。まぁね」
　確かにカッコよかった気もしたが、たいした興味もなく、私は事務所のソファに腰を下ろした。
「真理に似合うと思ってさ。紹介したくて、あの日、呼んだんだ？」
　ナナがパソコンの画面横からヒョイッと顔を覗かせる。
「ちょっと！　余計なことすんのやめてよね。大体、あっちだって迷惑じゃない」
　本当に余計なお節介というか、そもそも私は彼氏を作る気はない。
　というかこの状況で、作れるわけないじゃないか。
「そんなことないみたいだよー。スワチも真理のこと結構気に入ったみたいしぁ。あぁ、悔しい！　あたしのスワチが！

あっ、そろそろ時間だねぇ。秀明の奴、遅いなー」
　ナナが事務所の時計に目をやる。私は机の上にあった雑誌に目を通していた。

　──ガチャッ。
　事務所の扉が開く。そこには秀明が立っていた。
「うー、さむ…。真理、行くぞ？」
　いってらっしゃい、とナナが微笑む。
　私は事務所の鏡で少し髪を直した後、秀明の後ろをついていった。
　車に乗り込むと、車は低い音を立てて発進する。
　車内に軽快なヒップホップが流れる。
　それと同時に秀明も口を開く。
「お前さ、クリスマスの日、いきなりどうした？」
　私は煙草に火をつける。それに続いて秀明も煙草を吸い始めた。
「ちょっとね…」
　肺にいっぱい煙を送り込み、そのまま吐き出す。
「スワチ、寂しがってたぞ。あいつ、結構真理のこと気に入ったみたいだからさぁ。まぁ…あいつはあんまりオススメしねぇけど」
　だからそれ、さっきもナナが言ってた。
　まったく…。秀明もナナもそんなに私たちをくっつけたいわけ？
「別に興味ないけどね…」

車の窓から街を見渡す。
　まだ太陽の出ている街は、夜の陽気さとは打って変わって静かだ。
　信号が赤に変わる。
「『1000の言葉』の、あいつはやめておけよ」
　驚いて秀明のほうを見ると、秀明はまっすぐ前を向いていた。
　独り言を言ったかのように、私に目線をいっさい合わさない。
「コウを知っているの？」
　あぁ…。そういえば秀明の組とは関わりがあるんだっけ。
「まぁ、よく知らないけど、あいつはあんまり…いいとは思えないからさ」
　よく知らないだけで、なんで？
　秀明の、コウと同じ緑色の目。
　秀明はカラコンだけど、横顔が少しだけコウに似ている気がする。
「別にそんなんじゃないよ」
　疑問を抱く気持ちは変わらなかったけど、なんでもないことのように、私はそのまま流した。
「ならいいんだけど…さ」
　信号は青に変わり、ものすごい勢いで街を後にした。

　秀明の言葉の真意がまったく掴めなかった。
　ホテルに着く頃には、すっかりいつもの秀明に戻っていた。
　──トントン。

「は〜い」
「どうも…」
　私はペコリと頭を下げる。微笑みは絶やさない。
「松本さんったら珍しいんじゃない？　前は1ヶ月に1回くらいだったのに」
　ソファの上に鞄を置くと、部屋の窓から街を見下ろした。
　キラキラ光る夜のネオンがどこまでも続いていくようだった。
「真理の顔が見たくなってさ」
　松本さんは冷やしてあったシャンパンを勢いよく開けた。
　──ポンッ。
　部屋の中にその音が響き渡る。
「もう…。相変わらず口が上手いですよね」
　松本さんの手によって開けられたボトルを手にとり、私は二つ並んだグラスにそれを注いだ。
「本音だよ」
　勢いよく注がれたシャンパンは、深い泡の層を作り、すぐに消えた。
"本音だよ"
　そんなことは知っている。彼がどれだけ真剣に私を愛しているか…。私を自分だけのものにしたいか…。
　その欲望が痛いほど伝わってくる。
　体だけなら楽なんだ。けれども心は渡せない。
　それが本音であればあるほど、あなたは私を苦しめてるんだよ。

「あれ？　ネックレスしてないの？」
　この間、彼からもらったダイヤのネックレス。
　私の胸にはコウからもらったネックレスとペアのネックレスの二つが光る。
「あんな高価なもの、なくしてしまいたくないの」
　私は微笑んだ。
「つけてもらわないと価値がなぁ…」なんて言いながらも、松本さんは満足そうだ。
「一緒にお風呂に入ろう」
　そう言って私の手を引いた。持っていたグラスをテーブルに置き、私は立ち上がった。

　お風呂には泡のお湯が溜（た）まっていた。
　その泡を手に取り、松本さんは愛しそうに私の体を撫でる。
　私も松本さんの体を撫でる。
　できるだけ、心をなくしたようにして…。
「真理が俺だけのものになってくれたらなぁ…」
　そう小さく嘆（なげ）いた。
　水の滴（したた）る音のせいにして、聞こえないふりをした。
　松本さんはお風呂の中で、私に優しく愛撫をし始めた。
　最中には、ずっとコウのことを考えていた。
　私はコウが好きだと思う。でもそれは愛じゃない。
　愛かもしれないけれど、愛の定義がいまだわからなかった。
　そしてこの気持ちがいつかもしも愛に辿りついた日に、私はどうなってしまうのだろう…。

それが怖かった。
　いつかコウを私だけのものにしたくなって、独占したくなる日が、怖かったんだ。

　お風呂場で、松本さんは立ちバックの体勢のままイッた。
　彼の触れる手は、私への愛と支配欲求に満たされている。
　いや、それは愛なんてきっと呼べない。
　誰かを支配したいという欲求は愛とは呼べなかった。
　私はいまだわかっていなかったんだ。
　松本さんは私との時間を大切に刻む。
「なぁ…真理」
「なぁに？」
　バスローブを脱ぎ、ブラジャーに手を通す。
「外で会えないかな？」
「時間内ならいつでも会えるよ」
「そうじゃなくて…仕事とは関係なしに…会いたいんだ」
「…ごめんね。そういうの禁止されてるから」
　少しうつむいて私が答えると、松本さんは悲しい顔をした。
　だってこれは仕事で、私は演じてる。

　ホテルを出てから携帯を開くと、着信履歴が残っていた。コウからだった。
　私は秀明に迎えはいらないと連絡し、コウの店へと向かった。
　履歴に残っているコウの名前を見た瞬間、ただなぜか目を見て話がしたくなった。

平日ということもあり、店は客はまばらだった。
「いらっしゃいませ。…って、何してんの、真理？」
　コウがいきなり来た私にビックリして、口を開けていた。
　そしてその後、ほんの少しの不機嫌そうな顔。
「何って…。飲みにきただけじゃん。さっさと酒作れ」
　コウのその態度に少しイラッとしたが、コウは渋々グラスに氷を入れ始める。
「いきなり来ないでよ…」
　ため息をつくコウ。
「コウが電話したんじゃん」
　少し強めの言い方になってしまう私。
「それは…今日は家に行けないって言おうと思って…」
　チラリと店内を見回すと、あの人がいた。
　店の中でも一際目立つ、あの綺麗な人…。
　何なの？　あの人がいるから、私に店に来んなって言いたいわけ？
　私が店に来たからって不機嫌なの？

「別に、そんな連絡わざわざ入れなくてもいいよ？　付き合ってるわけじゃないんだから」
　私は作られたお酒を一気に流し込んだ。
「まぁね。でも店には来ないでよ」
　ガンッと大袈裟な音をたて、グラスをテーブルに置いた。
　グラスの中の氷が少し震え揺れた。
「ごめんね。いきなり来ちゃって。でも、どこで飲もうと私の

勝手じゃない？」
　空になったグラスに、自分でお酒を入れる。
　するとコウが私の手を掴み、それを止めた。
「何かあったの？」
　コウが私の顔を覗き込む。
　不機嫌そうな後に、心配そうな顔を向ける。
　ふと、自分の体から石鹸の匂いがして、思わず吐きそうになった。

　その時、男がちょうどコウを呼びにきた。
　コウはAV女優の氷月の元へと向かう。
　彼女の卓には、たくさんの高級なお酒が並んでいた。
　こちらを少し見た気がしたけれど、その視線はすぐに別のところへと向けられた。
　コウは今日、あの人を抱くのだろうか？
　そんなことは私には関係ないのに、矛盾した気持ちが自分の中で駆け巡るのがわかった。
　勝手にすればいい。でも、やめて。
　私はコウを、独占したいのか。
　こんな店に来る客と同じようにはなりたくないのに。
「チェックして」
　私はついたばかりのヘルプにそう言い残し、店を後にした。
　エレベーターが閉まる瞬間、それを遮るようにコウが扉に手をかけた。
「ごめんな」

緑色の瞳が哀しく映る。
「何が？」
　私は精一杯気持ちを悟られないように答える。
「私こそ、いきなり店に来てごめんなさい。ちょっと暇だったから…。もういきなり来るのはやめる。本当にごめん…」
　冷静にならなきゃいけないのは、私のほうだった。
　コウは何も言わなかった。ただ私の頭をそっと撫でている。
　首元にはお揃いのネックレスが光っていた。

　家に戻ると、私はお風呂場に直行した。
　石鹸の匂いを消すために…。
　すべてを消すために…。
　ただ無心で体を洗い続けた。
　お風呂場の鏡に、自分の姿が映し出される。
　醜く歪んだ自分の姿が鏡の中に映った。
　こんなに汚い…。コウの隣で笑っていられるような人間じゃない。
　ストーブをつけることもなく、寝室の布団にくるまる。
　そしていつの間にか寝てしまっていた…。

　──ピンポーン……ピンポーン……。
　玄関でチャイムが鳴り響いていた。
　気がつけば空はもう明るかった。携帯を開くと朝の９時を過ぎている。そして何件かの不在着信とメール…。
　私は慌てて起き上がり、急いで家の扉を開けた。

そこには、彼が佇んでいた。
「だから、確認して開けろって言ったろ？」
　コウが優しく笑う。
　その笑顔を見た瞬間、気が緩み、鼻の奥からこみ上げてくる涙が出そうになった。
「来ないって言ったじゃない…」
　コウは頭をボリボリかきながら、下を向いていた。
「だって何かあったんじゃねーの？　わざわざ会いにきて…」
　コウが私を抱き締める。
　その体からは石鹸の香りがした。
　私と同じ石鹸の香りがしたんだ。
　何も言わない。何も言えるわけがない。
　知らないふりをして、お互いが感じてることに、気がつかないふりをしていよう。
　私たちは同じことをしていて、同罪なんだから。
「なぁ…」
　私を抱き締めたまま、コウは喋り出した。
　開けっぱなしにされていた扉から、冷たい風が入ってくる。
　コウの温かさと、外の冷たさが、心地よく溶ける。
「初詣、行こうな？」
「なんでよ？」
「行きたいから」
　そう言うとコウは私をさらにきつく抱き締めた。
　玄関から入った冷たい風は、コウの体温に溶けて、やがて消えた。

１月１日の早朝から、コウは迎えにきた。
　私はパジャマ姿のまま、コウを迎えた。
「用意しとけって言ったべや」
　準備万端のコウは呆れながらも、私の部屋に入ってテレビをつけた。
「だって早すぎ…。っていうか、あんた昨日も遅かったんでしょ？　なんでそんなに元気なわけ？」
　昨日はナナと秀明とスワチの４人で遅くまで飲んでいた。起きられるわけがない。
　コウだって、お店でだいぶ飲んだはずだ。
　なのにこの違いはなんだろうか。
「まぁ、寝てないしね」
　コウはリモコンでテレビのチャンネルを変える。
　どこもかしこも正月特番をやっていて、お正月のテーマソングが流れている。
　それを鼻唄を歌いながら見つめていた。
「昼からでいいじゃない…」
　寝惚けながら歯をみがいていると、早くしろよとコウが急かしてくる。
　急かされるまま慌てて着替えを済ませ、適当に化粧をする。
　寝不足の肌にファンデーションが上手くのらない。
　用意を終え、私たちは近くの神社へと向かう。

　１月１日の神社は酷い混雑ぶりで、うんざりしてしまった。

もともと人混みって大っ嫌いなのに、なんでこんなとこに来なきゃなんないのよ。
　それとは対称的に、コウは楽しそう。
　人波に紛れて、人に押されて、私は転んでしまった。
「何やってんだよ」
　コウは私の様子を見下ろしてクスクス笑っている。
「だって！　すごい人に押されるんだもん！」
「そんな靴履いてくるからだろ？」
　私の踵の高いブーツを見てそう言うと、私の手を取りコウが歩き出した。
　凍りつくように冷たくなっていた手が、コウの温もりに包まれていく。
「ちょっと！　手、離してよ」
　恥ずかしさのあまり、ブンブンと手を振るが、コウの手はガッチリと握られたまま。
「いいじゃん」
　客に見られたらどうすんだ、と思いながらも、私もコウの手を強く握り締め歩いた。
　てっぺんに着くとすごい人の数だったけれど、私たちは決して手を離さなかった。
　このままずっと離れなきゃいいのにな…。

　お賽銭を入れ、手を合わせる。
　叶えたい願いは…。
　考えているうちに、願いなんか叶うわけない、と願いをかけ

ようとした自分を嘲笑った。
　隣にたたずむコウは真剣に手を合わせていた。
　コウはこの時、なんの願いを叶えてほしかったのかな？
　それはもしかして、私の叶えたい願いと一緒でいてくれたのかな？

　下に降り、人混みから少し離れたところで私たちは煙草を吸っていた。
「ってか俺、初詣って初めて」
「は？　日本人のくせに？」
　笑いながらコウに目をやると、コウの瞳が緑色だったのを思い出した。
「てか、コウはハーフだもんね」
「は？　俺、ハーフじゃないよ？　正確には４分の１」
「クォーター？」
「らしいね。親父がハーフで、俺と同じ緑色の目をしてたって母さんがよく言ってたなぁ」
　コウが少し寂しそうに喋り出した。
「コウはお父さん似なんだねぇ」
「知らんけど…。真理は？　どっち似？」
　私は…？
　私は…誰似だったろうか。
　思い出せない。母の顔も、父の顔も、私の中でぼんやりとしか映らない。
　もうずっと会っていないせいだろうか？

「真理？」
　その時、私たちの前を小さな女の子が駆けていった。
「おとーさん」
　小さな女の子が父親らしき男に駆け寄ると、男はその女の子を抱っこした。
　母親はその女の子の頭を撫でている。
　そしてその後ろに、その小さな女の子より少しだけ歳上の女の子がいた。
「可愛いな。家族連れかな」
　コウがそれを見て微笑んでいた。
　お父さんと、お母さんと、小さな女の子。そしてその少し後ろを、下を向いて歩く女の子…。
　私の煙草を持つ手が震えた。
　煙草は地面に落ち、赤い斑点(はんてん)を残してすぐに消えた。
　コウの声が、すごく遠くで聞こえている気がした。
　意識の中で過去の記憶が蘇(よみがえ)る。私は６歳の女の子だった。
　あんなふうに、家族のみんなで初詣に来ていた。

　　　＊　＊　＊　＊　＊　＊　＊　＊　＊　＊

「薫ー。あんまり走ったら転ぶよー」
　これは母の声。
「おかーさん！　早く早く！」
　薫が赤い長靴を履き、手足をジタバタさせている。
　その時、薫が地面に尻餅をつき、泣き出した。

「薫！　大丈夫か?!」
　父が急いで駆け寄り、薫を抱き抱えた。
　母は少し遅れて薫の顔を覗き込んでいる。
　二人とも、とても優しそうな顔をしている。
　薫は二人の間で泣いていた。
　私はわざと転んだ。
　気づいてほしくて…。薫と同じようにしてほしくて…。
「おとーさん！　おねーちゃんも転んじゃったよ？」
　私は手を差し伸べられるのを、待っていた。
　でも手を差し伸べてくれなかったから、自分から差し出したんだ。
　その手をパシンと離し、父は冷たい視線を私に向けて、一言言った。
　私に視線を向けてくれていたのかさえ、わからない。
　父の目は私を通り過ぎた遠くを見つめていた気がする。
「自分で立ちなさい」
　涙は止まらなかったけれど、父に置いていかれたくなくて私は必死に立ち上がった。
　小さなコートについた雪を払うことなく、必死に父の元へと駆け寄った。
　突き離された手が、ジンジンと痛む。
　けれども、父が私を抱き締めてくれることはなかった。
「どうして私を殴るの？」
　お母さんへの問いかけは、宙に消えた。

殴らないでよ…。痛いよ。ちゃんと愛してよ…。
　体中、いつも痣だらけ。
　薫の体はあんなに綺麗なのに、私の体だけ…どうしてこんなに汚れているの？
　ねえ、お父さん。私はいらない子だったんですか？
　産まれてこなければ良かったんですか？
　あの時も…。
　あの、薫が眠りについた日も…。

　　　　　＊　＊　＊　＊　＊　＊　＊　＊　＊

「…り、真理！」
　目の前にはコウの顔があって私の顔をペシペシ叩いている。
　あなたはちゃんと、目の前にいてくれた。
「やだ…」
　私はその場に蹲り、動けなくなっていた。
　ぼんやりと見ていると、蘇る記憶。
「真理?!」
　コウの声だったよね…？　これはちゃんと、コウの声なんだよね。
「お父さん、殴らないで……ごめんなさい……殴らないで……お願い…。殴らないで…。体が痛い…。」
　何度辿っても、思い出すのは何度も何度も私を殴る狂った父親の記憶だけ。
　虐待されていた過去だけが、同じ場所をぐるぐると回る。

過去の記憶。トラウマ。フラッシュバック。
　幼い頃、怖い父しか私は知らなかったんだ。
　抱き締めて…。手を差し伸べて…。目を見て…。ちゃんと、ちゃんと。幸せになりたい。
　私は、ずっと愛されたかった。
　その瞬間、温かい大きな手が私を包み込んだ。
　私の心をいつも掬い上げてくれたのは、コウ…あなただった。

「…コウ？」
「真理？　大丈夫か？」
　目の前には、私を心配そうに見つめるコウの瞳があった。
　この世界で一番安心できる存在。温かい存在。
　殴るために存在していたと思っていた手のひらは、本当は握るためにあるって教えてくれた。
　あなたがいてくれたから、生きていようと思えたの。
　あの日、あなたと出会えたから。
　私はいつもこの人に助けられてきた。
　出会ってからいつも、この人は私を孤独から救ってくれた。

封印してきた過去があったの。

ずっとその痛みを
胸の奥に閉じ込めてきたんだ。

転んだ時に
差しのべられる救いの手を…
何も言わずとも
愛してくれる存在を…
私は本当は求め続けていたの。

その心が愛を知った時
すべてが崩れ去ってしまう。

そして私たちは
あの日、手を離したね。

それなのに私の手には
あなたの温もりを残したままで…

空にかざした手…
ねぇ、見えてる？
ちゃんと繋がっているよ。

…カタチになんかならなくても…。

記憶

　暖かい部屋で、小さなシングルベッドで…お互いの傷が癒える日まで、私たちは抱き締め合った。
　どんなに抱き締め合っても、体は離れる時をいつか迎え、本当に傷が癒えることはないのだろうけれど…。
「お父さんと、お母さんと、妹がいたの。妹の薫、私の二つ下。私は薫が大好きだったの」
　記憶を辿り、心でなぞる。
　忘れたくても、忘れられない。
　あの日、あの時…。

　　　　　＊　＊　＊　＊　＊　＊　＊　＊　＊

「おかーさぁん！　ただいまぁ！」
　家に入ると、台所からいい匂いが立ち込める。
　茶の間で包丁を持っていた母親の手は止まり、私を見つめた。
「真理、おかえりなさい」
　私は赤いランドセルから返してもらったテストを取り出した。

「おかーさん、見て！」
　母はエプロンで手を拭き、私のほうへ来た。
「100点じゃない？　すごいわねぇ」
　母は私の頭を優しく撫でた。
　私はコタツに入り、テスト用紙を広げて呟いた。
「おとーさん、喜んでくれるかなぁ？」
　母は何も言わなかった。ただ悲しい目をしていた。
　どうして母がそんな悲しい顔をするのか、理由はなんとなくわかっていたけれど、私にはまだ期待があった。
「おねーちゃん！」
　薫が２階からバタバタと降りてきた。
「薫！　ただいま！」
「おねーちゃん！　２階に行って一緒にゲームしようよ！」
　薫は私の周りをグルグル回っていた。
　幼さは無邪気で、時に残酷だ。
　でも私はまだ、この時はいいお姉ちゃんを演じることができていた。

　私は２階に上がり、薫と二人でゲームをする。
　薫は少し我が儘だったけれど、いつも私の周りをついて回るとても可愛い妹だった。
　――ガチャ、バタン！
「あっ！　お父さんが帰ってきたぁ！」
　薫が部屋から出ていき、階段を駆け足で降りる。
　私もそれについていき、父を迎える。

「おとーさん！　お帰りなさい」
　薫が父にまとわりつく。父は優しい顔をして薫の頭を撫でていた。
　私は階段のちょっと上からそれを見守っている。
　すると父が顔を上げて私を見つめる。
「おとーさん！　お帰りなさい」
　そう言おうとした瞬間、父は私から顔を背け、茶の間に入っていった。
　言いそびれた言葉だけが、宙を舞った。

「おとーさん！　薫ね〜、今日、かけっこで１位になったんだよ?!」
　薫がランドセルの中から体育帽を取り出し、誇らしげにそれを父に見せていた。
「薫は偉いな？」
　父は薫を優しく撫でていた。
　私はコタツの前で笑いながら話す二人を、何も言わずに見ていた。
　すると父が、コタツの上にあるテストに気がついた。
「おとーさん！　真理、100点とったんだよ」
　父はテスト用紙に少しだけ目をやり、すぐに私にそれを差し出した。
「自分のものは、ちゃんと片づけなさい」
　ただ、そう言い残して…。

父は私を褒めてくれたことがなかったし、私の頭を撫でることも、私の手を繋いで歩くこともなかった。
　私が少しでも悪いことをすると容赦(ようしゃ)なく殴り、小さな物置に私を閉じ込めた。
　私は夜が怖かった。
　でもいつしかそれにも慣れてしまい、夜の闇に包まれると安心感さえ覚えるようになった。
　父が寝静まった頃、母は私を助けにきてくれた。
「真理、ごめんね…」
　母は泣きながら、ただただ私に謝っていた。
　勉強も運動も頑張ったよ？
　なのにどうしてお父さんは真理を嫌うの？
　疑問はいつも空回りするだけで、満たされない心が満たされる日がくることはなかった。

　そんな私も、やがて中学に上がっていた。
　夜中に、けたたましい音で目が覚める。
　静かに部屋の扉を開き、物音を立てずに階段を一段、また一段と降りていく。
　茶の間の灯りがついていて、父の怒鳴り声と母のすすり泣きが聞こえてくる。
　息を押し殺し、目を見開いて扉越しから二人を見る。
　コタツの上には、お酒。
　コップはひっくり返っていて、母の膝を濡らす。
　それともあれは母の涙だったのか…。

「真理は成長するたびに可愛くなくなる！　俺の機嫌をうかがうようにして、あのいやらしい目！　お前そっくりだ！」
　父が母に罵倒を繰り返す。
「でも…あなたの娘よ？　もう少し…もう少しだけでいいの。あの子に優しくしてあげて…」
「ふざけるな！　あいつは俺の娘なんかじゃない」
　父が持っていたグラスを母にぶつける。

　割れたグラスが床にこぼれ落ちる。
　母は小さな手で1枚ずつ、それを拾い集めた。
「真理は俺の子じゃないだろ！　あの男との間にできた子なんだろ！　お前は汚いよ！　あいつだっていずれ、お前のようになる！」
　グラスを拾い集める母の腕を掴み、父は押し倒した。
　その光景を見て、心臓が高鳴りを増す。足は震えて動かなかった。
　絡み合う父と母。その行為自体は知っていた。
　でもそれを目の前で見るのは初めてだった。
　そしてなぜ薫だけ愛されるのか、理由がやっとわかった。
　震える両足を静かに動かして、ゆっくりと階段を上っていった。
　ベッドにもぐり込み、息を殺していた。
　もう頑張らなくていい。事実を知ってしまえば、もう頑張る必要なんてない。
　私は安心感に包まれていた。

なんて悲しい…なんて悲しくて、絶望に似た安心感。
　それを人は諦めと呼ぶ。
　そしてその頃から、私は変わり始めた。

　変わることは、容易(たやす)かったよ。
　人は誰かに期待を持つから傷つくのだから。
　諦めるほうが、ずっと簡単。諦めれば、もう傷つかずにすんだ。
「真理！　こんな時間まで何してたんだ！」
　茶の間で父がビールを飲みながら私に怒鳴りつけてきた。
　私は何も言わずに父を無視した。
　私がまとわりつけば離れていったくせに、人間とは勝手なものだ。

　高校に入ると髪を茶色に染め、両耳はピアスだらけだった。
　騒ぎを聞いた薫が２階から降りてくる。
　無視をして２階に上がろうとすると、父が私の髪を掴んだ。
「聞いているのか！」
　髪を掴み、私を突き飛ばした。
「お父さん！　やめてよ！」
　薫が私をかばうように、私の前に立つ。
「薫は黙ってろ！　真理、聞いてるのか！」
「うるさいなぁ…。あんたには関係ないだろ」
　私は小さな声で、父を見ずに嘆いた。
「人と話す時は人の目をちゃんと見ろ！」

本当に自分勝手な人だな。
　人が目を向けてほしかった時は、一つも見ちゃくれなかったくせに、今になってそんなことを言う。
　壊れた絆は、簡単には戻らない。

　私は荒れた。
　すっかり家には帰らなくなっていた。
　いつしか父も母も、私を持て余すようになった。
　それでも薫だけは、いつも私の携帯にメールを入れてきた。
「今どこにいるの？」
「家には帰ってこないの？」
「お姉ちゃんに会いたい」
　誰もが私から目を逸らしていたのに、薫だけは絶対に私から目を逸らさなかった。
　薫は私を必要としていた。
　そんな薫に、愛しさと憎しみをいつも感じていた。
　彼女の純粋さは、私に刃となって突き刺さる。
　彼女が純粋であればあるほど、彼女が誰からも愛され育ったとつきつけられればられるほど、そんなふうにしか薫を見れない自分を、嫌いになっていく。

　シングルベッドで、ただ小さく蹲る私の話をコウは何も言わずに聞いていた。
「薫ちゃんは…？」
「薫は病院にいる」

そして…それが私の償うべき罪と過去。
「あの日…寒い冬の夜だった。薫は私を探しに夜の街に来ていたの…。私はそれを知らずにただ遊び歩いていた。次の日に薫は病院にいた」
　私は少し間を置き、そして再び話し始めた。
「事故に遭ったの…。氷の上をスリップした車に跳ねられたのよ…。一命は取りとめた。でも、あの日から薫が目を覚ますことはなかった」
　白い部屋の、白いベッドで…。
　薬品の嫌な匂いがするあの病院で…。
　薫は息をしながら、ただ眠りについていた。
「お前のせいだ！」
　声を荒げる父の横で、母がただ泣いていた。
　私は何も言えずに、ひたすらそこに立ち尽くしていた。
　外では雪が降りしきっていた。
　寒い寒い冬の、たった１日だけの出来事だった。
　けれどそれが、今の私のすべて。

　　　　＊　＊　＊　＊　＊　＊　＊　＊　＊

「これでおしまい」
　ベッドの中で、いつの間にかコウに背を向けていた。
　コウが静かに口を開く。
「だからあの時、病院にいたのか？」
　表情は見えない。でも、その声は少しかすれている。

「まぁね…」
「両親には？」
「あれから一度も会ってない。近くに住んでるけどね。薫がこの街の大学病院に移った時、一緒に引っ越してきたみたい」
「真理って地元、ここじゃないの？」
「生まれは違うよ。海が綺麗な、小さな田舎街だった」
　瞳を閉じ、思い出を辿る。
「白い砂浜があった」
「白い砂浜？」
「珍しいでしょ？　南国でもないのに、砂が白いの。つっても人工の砂なんだけどね」
　私の生まれた街。坂道が多くて、たくさんの風車が風とともに回っていた。
　そして白い砂丘のある海…。
　そう…。あの人魚が住むって信じていた海…。

「私、小さい頃、人魚姫になりたくって、あの海に一人でよく行った」
「人魚姫って、あの童話の？」
　思い出す。小さい頃に母に読んでもらった小さな絵本。
「そう。普通の女の子ってさ、シンデレラとか白雪姫とか苦労して幸せになる話が好きでしょ？　でも、私は違った。人魚姫ってね、王子様に会いたくて、声を失う代わりに足を手に入れるんだ」
　……遠い昔のおとぎ話。

「でも、王子様は自分を助けてくれた人を違う人と勘違いして恋をする。人魚姫は声を失ったから何も言えない。そんなの悲しすぎるじゃない？　そんなの、やりきれなさすぎるじゃない」
　……おとぎ話でさえ、ハッピーエンドはありえない。
　どうしてあの話を、あんな結末にしてしまったのだろう。
「王子様をこのナイフで刺せば、人魚姫は再び海に戻れる。でも、人魚姫は王子様を殺せなくて海の泡に変わるの。それを至上の愛だと人は言うけど、私はそんなこと思わない…」
　あんなに救われなくて、悲しくて、想いの一つさえ気づいてくれなかったのに、愛し続ける。

「王子様は本当に気づかなかったのかな？　それだったらただの馬鹿だな」
　私はコウのほうを振り返る。
　私が背を向けていても、コウは私から目を逸らさず、私を見ていてくれた。
「大切な人を間違うなんてさ。でも俺は王子様じゃないから、大切な人を間違えない。本当に大切なものなら絶対に間違えないよ」
　コウが私の手を握り締める。
「こうやって体温を確かめ合ってさ…。たとえ意識がなくても、記憶がなくなっても、真理を見つけるよ」
　強く、強く握り締める。
　だって、私だってたとえ意識がなくても、記憶がなくなって

も、あなたを必ず見つける。

「いつか行きたいな…」
　コウが天井を見つめながら言った。
「え？」
　握り締めた手を離さない。
「人魚がいる海に…。人魚が泡になってしまう前に俺が掬い上げるんだ」
　口元が優しく緩む。
「人魚姫は幸せ者だね」
　私たちは、やっぱり約束なんかしない。
　約束なんかできる性分じゃないことくらい、お互いがわかりきっているから。
　だからそれでいい。
　果たされた時に、過去を笑い飛ばそう。
　本当に大切なものなら、それに気づける時がいつか訪れるから…。

人魚姫の結末を知ってる？

それは悲しいおとぎ話。
王子様は人魚姫の想いを知ることもなく
泡になり…消える。

でも、あの日
言ってくれたよね。
現代の王子様は
本当に大切なものを間違えたりしないと。

そう。
現代の人魚姫だって
言葉が発せなくても
あなたに大切なことを伝えてみせる。

その方法を必ず見つけ出してみせる。

悲恋を
この手で変えてみせるよ。

冷たい手

　時は流れ、お正月ムードもすっかり冷めきった。
　２月に入り街の装飾も、お正月の様々な飾りからバレンタインへと向けて変わっていった。
　北の２月は寒い。
　私とコウは、週の半分を一緒に過ごしていた。
　仕事も変わってはいないし、環境もたいして変化はない。
　少しだけ変わったのは、自分自身の心。
　夜中になり今日の仕事も終了したところで、携帯を手に取った。
「今日、うち来る？」
　そう聞くことが、もはや毎日の日課になっていた。
　一見、していることは恋人同士のようにも思えるけど、私たちの関係に名前をつけることはできなかった。
　携帯から音楽が流れ、すぐに返信メールが来た。
「今日は無理そう…」
　うなだれながら、事務所へ続く階段を上がっていく。
　ブーツについた雪で足が滑らないように、慎重に上がってい

った。

　事務所の前に行くと、中から談笑が聞こえてくる。
　扉を開けると、ソファにナナと秀明が腰をかけていた。
「あっ、真理。お疲れ」
「真理、お疲れー」
　二人が同時に私に声をかける。
「ねーねー。飲みにいこー」
　ナナが私に近づき、笑顔を見せる。
　今日は用事も入ってないし、私は快(こころよ)く了承した。
「まったく、俺はまだ仕事があるっつ〜のに」
　秀明がブツブツ言いながら、携帯をいじる。
　ナナが「頑張ってね〜」と軽く秀明の肩を叩く。
「じゃ、いこっか」
　ピンクのコートを羽織り、ナナが事務所の扉を開ける。

「じゃ、いこっかー。飲むぞーっ」
　ナナが両手を挙げながら、階段を軽やかに降りていく。
　まだアルコールが入ってないのにもかかわらず、すごいテンションだ。
「どこ飲みに行くのよ？」
　最後の階段を１段飛ばして、クルリと私のほうへナナが振り向く。
「ホスクラ！」
　大きく開けた口が横に広がる。

「ちょっと…。ホスト、嫌なんだけど」
　いいからいいから、とナナが私の腕を無理矢理引っ張る。
　本当に強引というか、何というか…。
「どこの店に行くのよ？」
　グイグイ引っ張るナナの後を追う。雪のせいで足が少し引っ張られる。
「『1000の言葉』！」
「ちょっと待ってよ。私、『1000の言葉』はちょっと嫌なんだけど！」
　ナナは私の話を聞こうとせず、強引に手を引っ張っていく。

　あっという間に『1000の言葉』のあるビルの前だ。
　店の横にある、ナンバーのパネルをナナはジッと見つめる。
　中央に君臨し、ナンバー1と書かれている上にコウの写真が飾られている。
　軽くポーズを取っているコウに、いつも見ているコウとのギャップを強く感じ、思わず吹き出しそうになった。
「やっりー。やっぱまだナンバー入ってないよね！」
　ナナがパネルを見てつぶやく。
「何？　誰？」
「2ヶ月くらい前にここにめっちゃくちゃ可愛い子が入ったの！　雑誌見て一目惚れ！」
　なんて言いながら、手に持った雑誌を私に見せてくる。
「てゆーか、本当に入りたくないんだってば！」
　ナナはそんな私の言葉を聞き入れず、腕を無理矢理引っ張り

扉を開ける。
「いらっしゃいませー！」
　中から威勢のいいホストの声が響き始める。
「初めてですか？」
「そーです！」
　ナナが明るい声で対応する。私はその後ろで身を隠すようにしていた。
　すると、そんな私の様子にホストが気づいた。
「真理ちゃんじゃん」
　私は観念して、渋々顔を出した。
「えぇ！　真理、『1000の言葉』に来てんの?!　初めて聞いたんだけど！」
　ナナは店内中に響き渡るくらい大きな声で喋る。
　声、でかすぎ。なんでこの子はもっと小声で喋ることができないのだろう。
　そんなナナに、とりあえず席に行こうと私はなだめた。

「コウさん、今、系列のほうに用事でいってるんですよ」
　ホストがわざわざ私に言ってきた。
　私は内心ホッとしていた。
　店にいきなり来たなんて知られちゃあ、気まずくてしようがない。
「てゆーか、ナンバー1指名なの?!　真理って意外にミーハー！」
　ナナが私をからかうようにケラケラ笑う。

「そういうんじゃなくて!」
　反論しようとすると、ナナはすでに私の話なんか聞いちゃなかった。
「チャイ君いる?!」
　ハウスボトルの水割りを飲みながら、ナナは興奮気味に席のホストに言う。
「少々お待ちください」
　ホストが一礼し、席を立つ。
「チャイって誰よ?」
　基本的に席についたホストの名前は覚えない。
「もっのすごくカッコいいんだから!」
　フロアの中央から、一人の男の子が立ち上がりこちらに向かってきた。

　一見、女の子と見間違えてしまう。サラサラな金髪を片手であげ、深い平行の二重のパッチリな目。口を横に広げ笑うと、こちらにゆっくりと歩いてくる。
　お世辞にも男らしいとは言えず、身長はそれほど高くはないが、オーラのある男で、暗い店内と、白いソファ、テーブル、それに嘘臭い照明にとてもマッチするような男だった。
　男は私とナナを見て、ペコリと頭を下げた。
「はじめまして。チャイです」
　声の作り方、動きまで徹底されていて、まるで新人らしくなかった。
「キャー!　チャイ君!　こっち座って!」

ナナが自分の隣を一人分空け、チャイに手招きしている。
　その黄色い声援は、ジャニーズのコンサートに来た客が発するようなもので、まったくアイドルかよ、と呆れながら私はその様子を見ていた。
「よろしく」
　チャイは私とナナに名刺を差し出した。
　そういえばこの店に初めて来た時も、コウからこうやって名刺をもらったっけ…。
　思い出すと、少しくすぐったい。

　私たちは少し話をした。
　チャイは見た目とは対照的に、なかなか面白い奴だった。
　ノリがいいというのか、飾らないというのか…。
　まだ18歳で、この店には入りたて。
　元は九州出身らしく、話すと少しだけ九州訛りが出る。
　九州男児は男らしい、とはよく言うけど、むしろそんなことはまったく感じられず、柔らかい感じの物腰だった。
　それはまだ、私がチャイの本質を知らなかったからかもしれないけど…。
「チャイ君に指名入れて！　あとゴールド持ってきて！」
　すっかりチャイを気に入ったナナは上機嫌だ。
　気に入ったもののためなら、金に糸目はつけない。彼女らしい飲み方だ。
　ドンペリが運ばれ、ホストが私たちの席に集まる。
　あぁ、勘弁してほしい…。

爆音の中でコールが始まる。
　大勢のホストに囲まれて、ナナは嬉しそう。
　ここではそれがステータスなのだから。
　私はといえば、「早く終わってくれ」と願いながら下を向いていた。

　飲むだけ飲んで、騒ぐだけ騒いで、ナナは潰れた。
　ソファに足を開いて、イビキをかきながら寝ている。
　私はそっとナナの足にコートをかけた。
　きっとストレスが溜まっているんだろう。
　いつも危ない橋を渡っている私たちに、安息の場所なんてないんだから…。
　グラスに口をかけた私を、チャイは見つめていた。
「真理さんですよね？」
　柔らかい、でもしっかりとした口調でチャイは話す。
「なんで知ってんの？」
「たまに店に来るでしょう？」
　驚きだ。話をしたこともないのに、他の卓の客もしっかり見ている。
　…売れるな…。
　それは確信めいた直感だった。

「コウさん指名の…」
「あぁ、まーね」
「コウさんは俺の尊敬する先輩です」

微笑みながらも、目は全然笑っていなかった。その瞳が少しだけ怖かった。
「あんた、なんでホストやってんの？」
「金、欲しいんで」
　笑ってしまった。正直でいい。
　そして、それがこの世界で一番強い言葉だよ。
　欲しいものがあるなら、強くなれる。
　本当の強さは別として…。
　その時、入口が開くのを見た。
　一歩そこに足を踏み入れるだけで、一瞬でその場所の空気を変えてしまう。そんな光を放つホスト。
　この店の照明のすべてが、まるで彼を照らすためだけに存在しているかのような、そんな錯覚を起こしてしまいそうになる。
　隣には氷月がいた。
　まるで絵に描いたかのように、この空間に馴染んでいる二人だった。

　その私の横で、チャイはそっと呟いた。
「真理さん、コウさんの本カノでしょ？」
　動揺を隠せず、チャイを見る。
　すべてを見透したような目をする。
　こいつが私は嫌いだ。
　チャイは席を立ち上がり、コウの元へと向かっていった。
　コウは視線を少しだけ私に向け、こちらに歩いてきた。
「どうした？」

ソファに座り、煙草に火をつける。
　私は無言でナナを指差す。
「友達？　かなり酔ってんね」
　コウはナナを見て、呆れながら笑っていた。
「今日、あんま相手できないかも…」
「別にいいよ。こっちこそ連絡もなしでごめん」
「それはいいけどさ。後でまた来るから」
　そう言うと、コウは灰皿に煙草を押しつけ、再び席を立った。

「ん〜」
　ナナが目を覚ました。
「チャイは?!」
「戻ってくんじゃん？」
　そう言うと再びグラスに手を伸ばした。
　まだ飲むのか、と呆れつつ私もグラスに手を伸ばす。
　そのうちにチャイは席に戻り、また馬鹿騒ぎが始まった。

　しばらく飲んでいると、酔いも回ってきた。
　ナナなんかとっくにヘロヘロで、チャイに絡んでいる。
「まーったく、うちの秀明にもチャイの爪の垢でも煎じて飲ませたいくらいだよー」
「秀明って彼氏？」
　チャイがユラユラ揺れるナナを支える。
「彼氏じゃなーい！　あんな馬鹿で、我が儘で軽い男なんて…………大好きよ」

泥酔したナナがチャイに抱きつく。
　そうなのだ。なんだかんだいって、ナナは秀明がものすごく好きなのだと思う。
　好きで好きでたまらないけど、埋まらないものがある。
　この世界でまともに恋愛していくのは難しすぎる。
　すべてがまやかしに思えてしまう時だってある。
　普通の状態を保っていくのが、どれだけ難しいことか。
　心は麻痺し続けていくだけなのに…。

　そんなことを考えてると、コウが私の席へとやってきた。
「失礼します」
　ナナが目を見開き、物珍しそうな顔でコウを見る。
「ひゃー。さすがナンバー１！　色男だねぇ」
　酔っぱらったオヤジのようなナナに、思わず苦笑いしてしまう。
「ありがとう。真理と友達なんだってね？」
　そしてコウは私の横へと座り、ナナへと笑顔を見せる。
「うんうん、大親友ー」
　そう言うとナナは私の肩を組んできた。
「ちょっとやめてよ。酒くさい」
　私はナナの肩をふりほどく。
「彼氏は大丈夫なの？」
「いーの。秀明は放任だし、あいつ、他にも女いるしねー。ヤクザだからしゃーない、しゃーない」
"いーの"なんて言いながらも、ナナは悲しそうな表情を浮か

べている。
　酔っぱらってろれつの回らなくなったナナは、余計なことまでペラペラ喋り出していた。

「秀明さんって、松尾さんの息子の？」
　チャイが横から口を挟む。
「そ！　あそこのドラ息子」
　笑いながらナナがグラスを片手で挙げる。
　本当に酔っぱらうとタチが悪い。
「緑色の目の…」
　チャイが言う。
「あれ、カラコンだけどね」
　ケラケラ笑いながらコウのほうを向くと、コウは笑ってはいなかった。
　その表情があまりにも険しくて、一瞬、怒っているのかと思ったほどだ。
「…コウ？」
　私がコウに声をかけると、コウはいつも通りの表情に戻り、私に微笑んだ。なぜか安心した。
　あんなに怖いコウの顔は、初めて見たから。
「あれぇ〜。カラコンじゃないけろね〜」
　ナナがテーブルにうつぶせになり小さく呟き、そして再び眠りについてしまった。
　こうして私は、秀明の瞳がカラコンでないことを、この時、初めて知ることになった。

「俺、ナナちゃん送ってくよ」
　チャイは、私にそう言った。
　この怪しさプンプンのホストに任せていいものかと、一瞬だけ迷ったけれど、ダルくなって先に店を出た。
　帰り際、チャイは私の足を止めた。
「さっき言ったこと…」
「は？」
「真理さん、コウさんの本カノだよね？　見てたらわかるんだ、俺」
　少し照れたように頭をかき、うつむく。
「だから何？　あんた一体、何が目的なわけ？　大体、本カノじゃないよ、私」
「目が優しいんだ。あなたを見つめる時のコウさんの目が…。それが羨ましい」
　チャイは少し物悲しそうな顔をした。
　そしてその場から去っていった。
　すぐにコウが来て、私を外へと送り出してくれた。

　エレベーターを上がり、ビルのエントランスで私たちは短い会話を交わした。
「チャイって…」
「あぁ…。あいつ、頑張ってるよ。一生懸命だし、いい子だよ。あいつは売れるよ」
　私もそう思う。

思うけど、どうしても好きになれない。
　好きになれない理由なんて、上手く説明することはできないんだけど。
「チャイがどうかした？」
　コウが私の顔を覗き込む。
「なんでもないの。じゃあ、いきなり来てごめんね」
　そう言ってコウに手を振ると、コウが大声で叫んできた。
「真理ー！　あさって、暇ー!?」
　周りなんか気にしないくらい、大きな大きな声。
　道行く通行人が私たちを見る。
　客にでも見られたらどうしよう、と私は少しヒヤヒヤした。
「暇だよー！」
「動物園行こー！　遠出してさ。車で行こー」
　私は離れた場所から、両手で大きなマルを作った。
　コウは子供のような笑顔を作り、ビルの中へ消えていった。
「なんでいきなり動物園なんだろう？」と疑問に思いながらも、私の足取りは軽くなった。
　たとえ今日、コウが氷月を抱こうとも…。
　それだけで救われた気がしたんだ。

　街は少し明るくなり始めていた。
　裏路地に入ってしまい、なかなかタクシーが見当たらない。
　気づいたらラブホ街に迷いこんでしまった。
「じゃーね」
　少し離れたところのラブホの入口から、若い男が出てくる。

見送っている人は、中年の男性に見えた。
　目をこらし見ていると、男が振り向いた。
　ヤバいと思い、来た道を戻ろうとした瞬間、大きな声で呼び止められた。
「真理ちゃん！」
　おそるおそる振り向くと、そこには見慣れた男の姿があった。
「…スワチ？」
　スワチは少しだけバツの悪そうな顔をして、微笑んだ。
　目深に被ったニット帽を両手で直しながら、スワチは私に近づいてくる。
「嫌なとこ、見られちゃったなぁ」
　スワチの頬に、エクボが浮かぶ。
「何してんの？」
「仕事ー」
　スワチは悪びれることなく、平然とそう答えた。
「仕事って？」
　私はスワチが出てきたラブホに目をやった。
　電光パネルがチカチカ光り、"空室あり"と表示されていた。
　スワチはジャケットのポケットから煙草を取り出し、ジッポで火をつけた。
「ウリセン…」
　──売り専。
　簡単に言ってしまえば、私たちの仕事の男バージョンみたいなものだ。
　体を売って、生計をたてていく。

世の中には変わった趣味の人間がたくさんいる。
　男が男を買う。
　もちろん、女が男を買うのだって可能なんだけど。

「飯食いにいかん？」
　何事もなかったかのように、スワチが軽いノリで私に声をかけてきた。
　なんとなくこのまま帰るのは気まずい空気だったので、私たちは近くのファミレスに入った。
　店内はなかなかの入りで、その大半が夜の仕事をしている人たちだった。
「なんであんな仕事をしてるの？」
　あんな…なんて、私も同じような仕事をしてるじゃないか。
　自分で言っておいて、自分の発言に笑える。
「あんたくらいだったら、顔もいいし、ホストでも随分稼げるんじゃないの？」
　スワチは悪戯っぽく笑うと、煙草をトントンとテーブルに叩きつけた。
「だってメンドイじゃん」
「え？」
「客の機嫌取ったり、自由な時間を拘束されたりさぁ。その点、この仕事は時間決まってるしね。ノーリスク」
　本当にノーリスクか？
　…と一瞬、考えてしまったけれど、あまりにもスワチがあっけらかんと言うものだから、思わず笑ってしまった。

「体売ることより、心売ることのがしんどいよ」
　そして肩を鳴らしたあと、笑顔でそう続けた。
「あんた、面白いね。普通なら、自分のやってることに後ろめたさとか感じちゃうじゃない？　だって人には、罪悪感があるから…」
　私は自分のことを思い出したかのように喋り出す。
　後悔してないと言い切ってしまうのは簡単だけど、心の奥にある真実は私を苦しめている。

　ちょうど注文したメニューが届いた。
　店員はにこやかに笑って、私たちの前にお皿を置く。
「だってさぁ…。やってしまったものは仕方がないでしょ？　過去は拭い去れない」
　スワチは箸を割り、出てきたハンバーグをつつく。
「過去は…拭えないか…」
　私も目の前に差し出されたハンバーグを、じっと見ていた。
　スワチは何も言わず、そんな私の様子を見ている。
　するといったん箸を置き、さっきとは違うゆっくりとした口調で喋り出した。
「たとえばね、周りを誤魔化すことって可能だと思う。人間には口や表情っていう武器があるからね」
　そこまで言い切ると、今度は一気に畳みかけてくる。
「でも…他人を誤魔化せても、自分だけは絶対に誤魔化せない。自分のしたことは、忘れようと思っても忘れられないだろ？　忘れようと意識する時点で、忘れてないってことなんだから。

大切な人に本当のことを言うのは苦しい。大切な人に隠してることも苦しい。これがこの仕事のリスクかな」
　スワチは再び箸に手を伸ばし、美味しそうにハンバーグを口にした。
「…じゃあ、過去は結局、清算されないのね」
「過去は清算されることはないよ。だから俺は、この仕事でいくら辛いと思っても、それだけは口には出さないと思う。出さない…は違うかな？　出しちゃいけないんだと思う。自分の傷を抱えるのなんて、自分だけで充分だから」
　一瞬、寂しそうな目をしたけど、スワチはすぐ笑顔に戻った。

　話をしていくうちに、私とスワチは意気投合した。
　同じ境遇なのに、私とスワチはまったく考え方が違ったんだ。
「真理ちゃんさ…。同業っしょ？」
　スワチが私に尋ねる。
　私の顔色をうかがうよう、ゆっくりと…。
「どうして？」
「なんとなく…。つか、秀明とナナの知り合いってとこでなんとなくね」
　スワチは烏龍茶を飲み干しながら、私に言った。
　私はうつむき、何も話せなくなっていた。
「何、暗い顔してんの？　笑え、笑え！　暗い顔されっと同業の俺の立場もねーんだけど」
　スワチが私の口に指を入れて、横に伸ばした。
「はにふんのよ！」

「ははっ！　あんまりにも暗いからさぁ」
　私はスワチの指にガブッと噛みついた。
「いってぇぇ！」
　スワチがその場で指を押さえて、大袈裟に痛がる。
　それを見て私が笑う。
「どうしたら、いいんだろうね…」
「真理ちゃん、笑顔！　笑顔は病気も治す！　すっげぇ力持ってんだぜ？！」
　顔を上げると、スワチが優しく微笑んでいた。
　その笑顔に、心がスーッと軽くなり、癒されていく…。
　──光だ。
　温かくなるような、安心するような、昔感じたことのあるような…。
　コウとは違う光を、彼はまた持っていた。
　それもまたきっと、人の心を惹きつけてならないのだろう。
　でもその瞳の奥に隠された、スワチの本当の悲しみを私はまだ知らない。

　私たちは時間も忘れて喋り続けた。
　その時、ファミレスに客が入ってきた。
　スワチの肩越しに、私はコウを見た。
　あの氷月という女の人と、二人で入ってくるのを私は見てしまったんだ。
　私は思わず、テーブルの上にあったスワチのニット帽を深く被った。

「真理ちゃん？」
　私は声を漏らさず、ただ人差し指を鼻のほうに持っていき、スワチを見た。
　コウと氷月が近づいてきて、私たちの席の横を通りすぎる。
　まだ気づかれてはいない。
　けれど、私たちのすぐ後ろの席にコウと氷月は座った。

　スワチは、そんな私を見て何も言わない。
　私はただ、帽子を深く被り、下を向いていた。
　小さな板をはさんで、すぐそばにはコウと氷月。
　二人の会話は丸聞こえだった。
　小さな談笑。煙草の香り。明るすぎるファミレスの照明…。
　自分の心臓からこんなに大きな音が奏でられることに、ただひたすら驚いていた。
　逃げ出したいのに、足は震えてとても立てる状況なんかじゃなかった。
　小さな隔(へだた)りが、こんなにも大きい——。
「撮影、大変そうだな」
　コウの落ち着いた、優しい喋り方が耳に入る。
「まぁね…。疲れちゃう。やっぱりコウに会うと癒されちゃうけど」
　氷月の声も聞こえる。思ったよりも高い声。
　でも彼女の声はどこまでも凛(りん)として透き通っていて…女特有の媚(こび)た喋り方ではなかった。

「店は辞めるつもりないのね」
「あぁ、まだ辞められない」
「お金、必要なんでしょ？　私、払うよ？」
「いや、あれは俺が払うべきお金だから」
　二人の会話が理解できない。
　けれど、二人が親密であることは理解できる。
　私が知らないことを彼女が知っているのも理解できる。
　コウがホストを始めた理由。コウにお金が必要な理由。
　誰にも明かせない、彼だけの真実。
「あれはコウのせいじゃないよ」
「別に俺は自分の勝手でやってることだから…」
　二人の間に沈黙が流れる。
　店内には騒がしいBGMだけ響いている。
「蜜葉には…」
　みつは————。
　その名前を聞いた時、私の胸はさらに高鳴った。
「これ以上してやれることが…見つけられそうもない…」
「守れなかったから…？」

　氷月のその言葉を聞いた瞬間、たまらず私は席を立った。
「真理ちゃん?!」
　遠くでスワチの声が聞こえた。
　その名を聞いてコウが振り向いたのかはわからないけれど…私は夜の街を走り抜けた。
　通りすぎる人の目などは視界には入らず、ただ全速力で駆け

抜けた。
　聞きたくない。その現実は、私を苦しめるだけだと直感できたから。
　雪に足を奪われ、道路の真ん中で転んでしまった。
　ストッキングから雪の冷たさが伝ってくる。
　今、自分が世界で一番惨めな気がした。

「大丈夫 ?!」
　追いかけてきたのは、やっぱりコウではなくスワチだった。
　差し伸べられた手を私は掴むことができなかった。
　私は自分の手で立ち、コートについた雪を払った。
「ごめん…。お会計」
　私は財布を取り出し、中からお札を出そうとした。
　スワチは私の手を押さえつけた。
「いいから…」
　遠くの空が明るくなるのを感じる。
「あのホストと知り合いなの？　あれ、『1000の言葉』のホストでしょ？」
　私は静かに頭を縦に振った。
「あいつ、やめたほうがいいよ」
　何を言ってるんだろう。
　私たちは付き合ってなんかいないし、関係もない。
「あいつ、いい話聞かないし、すごい枕ホストらしいし…」
　そんなこと、出会う前から知ってる。
「それにあいつ、彼女いるよ」

それだけは知らなかった。
　だってコウは、週の半分は私の家に来てくれて、きっと後半はお客さんといた。
　だとしたら、彼女は？
　…蜜葉は？
　彼がそれほどまでに執着する、その存在はどこにいるの？

　あさって、動物園に行こう。
　その約束通り、コウは私を朝早く迎えにきた。
　来るのはわかってた。
　だから、もっと早い時間に起きて私はお弁当を作っていた。
　コウの車は国産のVIPカーだった。私は初めて見た。
　だっていつだって、コウと遠出なんかしたことなかったから。
「おはよう」
　コウはいつも通りだった。
「おはよう」
　だから私もいつも通りコウに接した。
「どこいくの？」
「ほら、今、話題になってる動物園あんじゃん」
　そう言いながら、コウは手に持ってる雑誌を私に見せた。
「ゲッ、めっちゃ遠いじゃん。２時間くらいかかるよ」
「だって行きたいんだもん」
　子供のようにそう言うと、コウは車をさらに加速させた。
　低いマフラーの音だけが響いた。

朝に出発したのに、着いた頃にはすっかり昼になりかけていた。
　晴れわたる空が、いっそう寒さを強烈に感じさせる。
「すげぇ人!」
　さすがは評判の動物園。
　たしか総動員数が全国１位になったらしい。
　テレビでも何回か紹介されている。
　ペンギンのお散歩を見たり、シロクマが泳ぐところを間近で見ることができる施設があるとか…。
　何にしても冬の動物園を選ぶところは、相当ロマンチストな気がする。
「動物園くらいでそんなに騒がないでよ」
　まるで小さな子供のようにはしゃぐコウを、私はどやした。
「だって、動物園って初めて来たんだもん…」
　入口の案内を見ながら、コウは静かにそう呟いた。
　それはきっと、コウの孤独の一部分にしか過ぎなかったのかもしれないけど…。
「真理は？　来たことあるの？」
　コウの瞳は、光にあたるとより一層綺麗。
　夜の闇に隠れてしまっているのが、もったいない気さえしてしまう。

「ここの動物園に来たのは初めて。でも、小さい頃に家族で来たことあるよ」
　楽しかった、という記憶はないんだけれど…。

薫だけが、楽しそうにいつも笑っていた。
「そっか。てか、行こうよ」
　まるで子供のように、コウは走り出した。
「ちょっと！　早いよ！」
　私たちは人混みに紛れながら、動物園へ入っていく。
　しばらく進むと、ペンギン館があった。
　地下の階段を降りると、トンネルのようになっていて、私たちの頭の上をペンギンが泳いでいた。
「すげぇ…。綺麗だな…」
　それを見上げるコウ。
　でも、ペンギンを見上げるコウはもっと綺麗だと思った。
「私も…。こんなにすごいのは初めて見る。さすがは全国１位だね」
「あっ！　ペンギンの散歩は２時からだってさ。それまで違うの見ようか」
　コウは看板を見つめ、再び動き出した。

　ライオンの大きさ。クマが暴れまわる激しさ。小さなフクロウの可愛さ。お腹に小さな子供を抱えるサル…。
　すべてにコウは驚き、はしゃいだ。
　幼い時になくした、何かを取り戻すように。
「すげー！　真理、あれ見てみろよ！　俺、初めて見た！」
　動物たちを指さして、コウが無邪気に笑う。
　こんな、小さい頃に皆が普通に経験することでさえ、コウにとっては普通じゃなかったんだ。

それが悲しくて、痛い。

　一通り見終わった私たちは、少し休むことにした。
「お弁当作ってきたんだけど」
　小さな休憩室で、私はコウにお弁当を差し出した。
「マジ？　動物園でお弁当ってなんかいいよな！」
　コウが微笑む。
「でも……ここ寒いね。やっぱり動物園でお弁当は、夏の草原の上じゃないと」
　小さな休憩室からは、すきま風が入って少し寒い。

「夏に来ればいい」
　コウはお弁当箱に入ったおにぎりを美味しそうにつまむ。
　お弁当を食べ終わった後、休憩室の窓からコウが外を見ていた。
　どうやら、アザラシのショーが始まったらしい。
　たくさんの人々が集まってきて、小さな子供を肩に乗せた家族連れがいた。
　するとコウがそれを見ながら呟いた。
「昔ね、何かの漫画で読んだことがあったんだ…。その話がすげぇ印象に残ってる…。人ってね生きてる間に最低でも３回は動物園に来るんだって。１回目は自分の父親や母親と。２回目は自分の子供と。３回目は自分の孫と。その話読んだ時さ、妙に納得しちゃって、動物園すっげぇ、マジすっげぇって…。なんか温かさの象徴じゃね？」

「嘘臭い説だね」
「なんだよ！　ロマンチックな説じゃねぇか！」
　その瞳が家族を見ていた。それを振りほどくように私が答えた。
「でも、残念。その説は動物園だけじゃないんだよ。水族館も、遊園地も、皆人生３回って説がある。でも私はそんなの、たいして重要だとは思わない。大切な場所は何回来るかが重要なんじゃなくて…誰と来るかのほうが、本当はずっと大切なんだと思う」
　家族と来た、楽しくなかった過去の記憶を思い返す。

　コウの寂しさは、私じゃ埋められない？
　家族で埋められなかった分、私はあなたの安らぎにこの先なっていけないのかな？
　動物園も、水族館も、遊園地も、あなたが温かく思うものすべて、あなたの奪われた幸せは私が全部あげるから。
　奪われたものは、何度でも取り返せばいい。
　孤独を私が埋めてあげるから。
　私はこの時、あなたに伝えることができたのかな？
　コウは何も言わなかったけれど、その代わり、私の頭を優しく撫でた。
　何も言わないコウが漠然と、いつか私の元からいなくなる気がしたから。
　それだけが、ずっと怖かったから。
　それが自分の弱さとは知らずに…。

「おととい…」
　コウが私のほうを振り返る。
「うん…」
「ファミレスにいたよな」
　笑顔が瞬(またた)く間に凍りついてしまいそうになった。
　だからそれ以上は、何も言えなかった。
　ずるい私は、いつだってコウの言葉を待っていたんだ。
　氷月はあなたの何？　蜜葉は誰？
　自分から言葉にしなきゃいけない想いはたくさんあったはずなのに…。
　本当に大切な想いを伝える時、言葉は無意味なんかじゃないよ。
　でも、人は時に無器用だから…。
　行動に表せても、口にできない言葉ってあるでしょう？
　口に出せても、行動に表せないこともあるでしょう？
　でもそれは、私が弱かっただけなんだよね…。
　そして私は、いつだって弱さを言い訳にしていたね。

　唇が震える。
　たぶん今何かを口にすれば、声だって震える。
　でも、もう言わずにはいられなかった。
　そして本当は、この時、私はあなたに止めてもらいたかった。
「…私、体を売ってる」
　さっきまで晴れていた空は、いつの間にかチラチラと雪が降

り出し、紫色の雲が太陽を隠した。
「うん。でも、薫ちゃんのためだよね」
　コウはそんな私を、責めたりなんかしないし、否定もしない。
「…薫のためなんかじゃない…。たしかに償いのつもりで薫の病院代は援助してた。でも…それだけじゃない。私はその分いい暮らしだってしてるし、全部を薫に注いでるわけじゃない」
　私はコウの目が見られなかった。でもたぶん、コウは私をしっかりと見つめていてくれている。
　だからこそ、私はなおさらコウの目を見ることができなかった。
　いつだって私は、コウから目を背けてきた。
　それはまるで、私が誰かにしたように。

「つらいと思ってる？　後悔してる？」
　顔を上げる。やっとコウの目が見られた。
　コウの緑色の瞳は、とても悲しそうだった。
　私はコクリと頷いた。
　コウは私の手を取り、私をまっすぐに見つめて一言だけ言った。
「つらいと思ったり、後悔してるのなら、やめろよ…」
　握られた手は冷たくて、私の体温を奪っていくばかり。
　心まで凍てついてしまう。
「やめられないよ…」
　簡単に抜け出せる世界じゃないって、あなただってきっとわかっているんでしょ？

それでもその言葉を待っていた自分と、どうしようもない今を、どうしたらよかったのかな？
「やめろって！　真理のしてることは、間違ってるよ…」
　コウの口調が少し荒々しくなる。それと同時に表情が曇る。
「じゃあ、コウはどうなんのよ！」
　少しの感情の高ぶりが、すべてを壊していくように…。
「氷月と寝てんでしょ?!　他の客とだって！　そんなコウに言われたくないよ！」

　コウの顔が曇り、繋がれた手は少しずつほどかれていく。
　自分がどれだけ酷いことを言っていて、どれだけコウを傷つけていたのだろう。
　離された手は行き場をなくし、私から体温を奪ったまま…。
　少しずつ…。
　あなたがこの時、どれだけの勇気を持ち、私を引き止めてくれたか、それがどれだけの苦しみだったか…。
　私は気づいてあげられなかったね…。

償いのつもりが…
いつの間にか
お金と欲望に溺れていた私。

けれどあなたは
自分の人生のすべてを
彼女に捧げて生きてきた。

繋がれた手を
冷たく感じてしまったのは…
私の心の弱さ。

本当は嬉しかったのに
あなたの想いを
素直に受け止められなかったのも…
私の脆(もろ)さだった。

受け止めれない。
切ないよ。痛いよ。苦しいよ。

だって私が
ここで生きているから…。

生きているから
悲しいの…。

2nd NIGHT

秀明

ヤクザ

幼い時は
この世界が綺麗だと思っていたんだ。
明るさしか見えなかったから。

夜が一日の半分を占めていたことに
やがて君は気付いた。

この世界で生きていくことで
皆、知らずに失っていくものがあった。
金銭感覚…
時間の感覚…
そして恋愛感覚…。

気付いてないの?
俺は見てきた。
彼女や、最愛の恋人が変わっていく姿を…。

そして
俺自身さえもいつの間にか…。

気付かずいられたら
幸せだったかもね。

気付かずにいても
失っていたものだとは思うけど…。

荷物

「おはよー」
　事務所の扉に手をかける。
　おはようといっても、実は夕方の５時だったりする。
　私はやっぱりここを辞められなかった。
　辞めようと思えばいつだって辞められた。
　けれども、決して辞めることはなかった。
　どうしてなんだろう…。
「辞めろよ…」
　あの日、コウの言葉は嬉しかったのに…。
　引き止めてくれる人がいるのは幸せなことなのに…。
　それを素直に受け取れないのは、私たちが大人になってしまったからなの？

「おう」
　事務所にはパソコンに向かう秀明がいて、奥の部屋から物音が聞こえてきた。ナナが奥にいるのは珍しい。
「お前さ、スワチに会ったろ」

秀明がパソコンをいじる手を止めた。
「ああ…。まぁね」
　ソファに腰を下ろし、煙草に火をつける。
　スワチ…か。会った日のことを思い出した。
　笑いながら自分の職業を話す、強い目、優しい口調、そして少しだけ寂しげな心。
「あいつの仕事、聞いたろ？」
「売り専？」
　私は煙を肺に深く入れ、そして一気に吐いた。
　スワチは本当に強い人なのかな？　本当にこの世に強い人なんているのかな？
　自分の体を売り物にするのは、自分の身を削るということで、結局、心も同じように磨り減っていくよね。
　秀明はあえてスワチの職業をずっと言わずにいてくれていたのだと思う。
　秀明と私の煙草の煙が部屋中に漂い、空気が悪くなる。煙はユラユラと揺れていた。
　秀明だって本当は、私やスワチ、そしてナナや自分を止めたかったんじゃないの？

　動物園に行ってから、1ヶ月が経っていた。
　3月に入り少しずつ暖かさは戻ってきたけれど、それでもまだやっぱり寒かった。雪もたまに降っていた。
　そしてあれから、コウとは連絡を取っていない。
　毎日のようにどちらからともなくしていた電話やメールが、

いつの間にか私の生活から消えていた。
"好き"なんていう感情は理屈じゃ説明できないから、いつも心が先に動いてしまう。
　私は薫が目覚めるまでは仕事を辞められない。
　けれどコウに会うと、どうしようもないこの感情や衝動にかられて、この仕事を辞めたくなる。
　いつも矛盾だらけだった。
　矛盾の中の、正直なただ一つの気持ち。
　コウと笑い合いたい——。
　コウと穏やかに時を過ごし、いつも笑って、たまに喧嘩をした日も同じ布団で眠り、私はコウの体温だけを、コウは私の体温だけを、感じて生きていきたい。
　無理な話だ。
　一番望むことが、今の私たちには一番できないことなんだよね…。

「でもあいつ、面白いね。本当にウケる。ってか、馬鹿？　まぁ、本当の馬鹿じゃなくて、馬鹿になれるっていうすごい才能だと思うけどね」
　私は黙り込む秀明に向かって笑った。
　スワチを思い出すと、自然に笑顔になる。
「あいつ、明るいよな。俺だったら、男に掘られるの想像しただけでさぁ…」
　秀明も笑いながら私に言った。
　きっと私が感じていることを、秀明も感じているのだろう。

「何、何？　な〜んの話？」
　ナナが奥の部屋からたくさんの書類を抱え、私たちのほうへと顔を出した。
　心なしかナナは最近ふっくらしてきたように思う。
「スワチの話だよ。私、この前、偶然ラブホから出てくるあいつを見てさ…」
　ナナは抱えていた書類を秀明に渡すと、私の前にドカッと座った。
「え〜？　スワチに会ったの？　いいなぁ」
　ナナは本当に羨ましそうに言った。
　こういう場面で、スワチの明るさ、周りを笑顔にさせる才能を痛感させられる。こういう人を、私は本当に羨ましく感じてしまう。
「いいなぁ…じゃなくて、それよりナナ！　最近、太ったんじゃね？」
　秀明がナナをからかうように笑う。
　ナナは隣で頬を膨らませてすねていた。
「秀明が太らせてんでしょ？　あんまり餌与えるのやめてよね！」
　私と秀明が大笑いしていると、ナナが私の頭を軽くどついてきた。
「俺といるんだから、幸せ太りだな」
　秀明が言った。
"幸せ"なんて私たちが使うべき言葉なんかじゃなかったのか

もしれないけれど…。
「あんたといるからストレス太りよ！　いっつもあたしのこと悩ませてさぁ。あんたはあたしを翻弄させるために生まれた悪魔よ！」
ナナは秀明に向かって舌を出した。
なんだかんだ言って、仲の良いふたりを見てると、いつも救われた気持ちになる。
それは"幸せになりたい"なんて言える性分じゃない私たちの、ほんのわずかな安らぎの時間。

「スワチ、お前を気に入ってんだよな」
「へ？　ちょっと、からかわないでよ」
秀明の言葉に、少し照れてしまう自分がいた。
私もあいつの人間性は尊敬できるし、好きだとも思う。
憧れていた。あいつの放つ優しさと強さに憧れていた。
でもそれは、コウに対する想いとは少し違っていて、あんなふうに恋焦がれ、私を熱くする想いではない。
それでもスワチと過ごす、心が穏やかになる時間は否定できないでいた。
「え〜！　スワチって真理狙いなの〜？　めっちゃショック…。私がいるのに〜」
ナナが泣き真似をして、そこに秀明が「お前はないだろ」と突っ込む。
その二人のやりとりがなんだかおかしくて、私はまた笑ってしまった。

「でも、真理はね〜…」
　含み笑いでナナが私を見る。
「何よ？」
「『1000の言葉』のナンバー1の本カノだからね〜」
　ナナがそう言うと、鼻唄を歌いながら煙草に手を伸ばした。

　私が反論する前に、先に口を開いたのは秀明だった。
「何それ、マジ？」
　否定しようとした時、秀明がすごい険しい顔で私を見てるのがわかった。
　どうして…？　こんなにも憎しみに似た、怖い表情を秀明がしているんだろう。
「マジ〜、マジ〜！　だってチャイから聞いちゃったも〜ん」
　ナナはそんな秀明の様子に気づくことなく、続けた。
「ちょっと！　あいつが適当に言ったことでしょ？　真に受けないでよ！」
　私は少し荒い口調でナナに言った。
　正直、勘弁してほしかった。秀明がコウのことをよく思ってないのは空気でわかっていたし、それを感じれば私だって不愉快になる。
　ちょうどその時、事務所の電話が鳴り響いた。
「真理。客！　行くぞ！」
　秀明がジャケットを着ながら私を呼ぶ。
　ナナは事務所のソファに横になりながら、"いってらっしゃ〜い"と呑気に手を振った。

何がいけないのだろうか？
　なぜ秀明もコウも、お互いの名前が出るたびにこんなに怖い顔をするのだろう？
　私には、それが一番わからなかった。
　彼らの間にどんなしがらみがあるのか…。彼らの間に私の知らない何かがあるのか…。
　車に乗り込むと、歩道の雪は少しずつ溶けていて、端にわずかな冬の名残を残していた。
　冬の終わりを告げる、濁った灰色の雪たち。
　秀明は車から流れる音楽を少しだけ小さくして、私の目を見つめた。
「さっきの話、マジ？」
「はっ？」
　秀明のいきなりの問いかけに、私は少しだけカチンときた。
「だから、『1000の言葉』の奴と付き合ってるって…」
　イライラしているのか、秀明の口調も少し荒い。
　そんな言い方をされれば、誰だって気分が悪くなる。
「だから付き合ってないってば！　しつこいなぁ」
　その言い方に、ますますイライラしてしまった私は、車に備えつけられた灰皿を荒々しく開く。

　少しの沈黙が流れる。
　仕事が終わる時間帯のせいか、車の数がいつもより多く感じられて、それが二人きりの気まずい時間をさらに長く感じさせ

た。
「あんた、なんなの？　なんでコウにそんなにこだわんのよ！何⁉　ホストだから騙されてるとか言いたいわけ？　別にあんたに心配される必要ないんだけど？　それとも何 ?!　あんた、私のこと好きなんじゃないの ?!」
　私は秀明に一気にまくしたてた。
　秀明はそんな私に対して、怒るでもなく小さな声でポツリと呟いた。
「ホストだから言ってるんじゃない…。でも、あいつだけはやめておけ。あいつじゃあ、お前は幸せになれない」
　秀明の言葉の真意の掴めなさに、さらに私はイライラした。
「私は誰にも…コウにも…幸せにしてもらおうなんて思ってない。それに……幸せになんか、今さらなれるわけないじゃない！」
　強い口調だった。
　幸せなんて望んだってなれないの、ずっと知ってる。
「それに…お前も、あいつを幸せにできない。あいつの幸せは、お前の居場所にはない…絶対…」
　秀明は小さく呟いた。

　幸せになりたかったわけじゃない。
　そんなこと望んだって叶わないこと、もう知っていたから。
　けれど…ホストだからじゃない。
　枕だからじゃない。
　私が娼婦だからでもない。

じゃあ、なぜ私たちはお互いを幸せにしてあげることができないの？
　ただ、コウのもっと奥に隠された真実を…コウの本当の悲しみを…きっと秀明は知ってる。
　なぜかそう感じた。それは予感にしか過ぎなかったけれど…。

「…り…真理ちゃん！」
　声をかけられ、私はハッとしてしまった。
「何、ボーッとしてるんだよ？」
　目の前には、バスローブに身を包む中年の男性がいた。
「ごめんなさい。ちょっと考え事をしてたの」
「あっそ」と言うと、男は私を押し倒し、体がベッドに沈められていった。
　ベッドの中でコウを想った。
"辞めな" と言ったコウの顔が頭の中に切なく映って、すぐに消した。

　一体、私はいつまで繰り返せば気が済むの？
　疑問なんて感じたら、この仕事をしていけなくなるのはわかってる。
　痛い、苦しい、切ない、なんて感情を持てば、もう好きな人に抱かれることしかできない私になる。
　でもあの緑色の瞳が、いつも私を迷わせてしまう。
　コウだけに抱かれたい。コウだけに感じたい。コウの温もりだけしかいらない。

コウという迷いを私は振り切らなくてはいけなかった。

「なんか真理ちゃん、最近、変わったよね〜」
　行為が終わり、客がネクタイを締めながら言った。
「え？」
「エッチしてる時、切ない顔するようになった」
"まっ、それがたまらないんだけどね"と客が私の耳元で囁く。
　それだけで鳥肌が立つくらい気持ち悪くて震えた。
　…ねぇ、私は変わってしまったの？
　コウの温もりを知った日から、自分では変わらないつもりでいても、心の奥のギュッと私を締めつけて離さなかった部分は、確かに少しずつ変わっていってしまっていたんだね。
　自分でも気づかぬうちに、ごく自然に…。
「ありがとうございます」
　笑顔を見せて、できるだけ感情を悟られないように、部屋を出た。

　時計を見ると、9時を回っていた。
　今は秀明と話すのが気まずいから、私は迎えを呼ばなかった。そのままの足で事務所に向かう。
　3月になったとはいえ、夜はやっぱり少しだけ冷える。
　薄いジャケットに身を包んで、街を歩いていた。
　今日も街には人が溢れている。
　ジャケットの隙間から入り込む冷たい風。両手で自分を抱き締めるようにして、その寒さをしのぐ。

自分で自分を抱き締めるしかない孤独な心を、私は知ってしまっている。
　だから、こんなにもたくさん人がいるのに、それでもやっぱり一人なんだと思った。
　あたりを見ても、コウの姿は見つけられない。
　事務所に戻るのは気まずかったけれど、給料はもらわないと仕方ない。
　足取りも重く、静かに事務所の扉を開けようとした。

　秀明がいないかと、まずは確認する。
　今はどうしても会いたくない。もう余計な言葉で傷つけられたくない。
　そこにはナナしかいなかった。
　ナナはソファに座り、一人で煙草を吸っていた。ふぅっと大きく吸い込んだ後、何もない天井を見つめ、すぐに下を向いた。
　そんなふうにソファに座っているナナの瞳には、涙が溜まっていた。
　こんな彼女を見たことは、一度だってない。
　彼女はいつだってしたたかだった。気丈だった。笑っていた。
　……笑って……いた？
　それは違う。笑っていることしかできなかった。
　私は彼女じゃない。彼女がわずかに抱えている痛みなんて、少しもわからない。
　自分の心は、自分にしかわからないよね…。
　ただ、わかることはある。

この街で本当に笑っている人なんて、心の底から幸せそうに生きてる人なんて…きっと、皆無に等しいんだよ。

「誰？」
　中からナナの声が響いた。
　ビクッと体を揺らした後、気まずさとやるせなさを抱えた心のまま、そっと事務所の扉を開けた。
「なんだぁ、真理かぁ〜。物音がするから、ビックリしちゃったよ〜」
　代わりにナナは、いつもと同じように笑顔を見せた。
「うん。今、仕事終わったんだ」
　ナナは机の引き出しからお金を取り出し、「はい、給料」と私に渡した。
「ね〜、もう仕事終わったでしょ？　よかったら一杯付き合ってくれない？」
　さっきの様子が少しだけ心配だったので、私は「一杯だけなら」とすぐに了承した。

　ナナが連れてきたのは、『1000の言葉』だった。
「コウはつけないで」
　私は席についたチャイに、あらかじめ釘を刺しておいた。
　会いたい…。でも、会いたくないとも思った。
「ナナちゃん、真理さん、聞いて下さいよ。俺、先月ナンバー圏内に入ったんですよ！」
　チャイが嬉しそうに、水割りに口をつける。

その笑顔は無邪気そのものだったけれど、いつかこの子も変わってしまうのかと思わずにはいられない。
「マジかぁ！　ナナ様のおかげだね！」
　そう笑ったナナは、嬉しそうだけど、少しだけ寂しい目をしていた。
「おめでとぉ！　つか、勝負は今月だけどね」
『1000の言葉』は結構な大箱で、在籍ホストも50人ぐらいいる。気を抜いたら、すぐに追い抜かれてもおかしくはない。
　それぐらい、この世界は浮き沈みが激しい。
　肝心なのはナンバーに上がることじゃない。それをいかに守り続けていくかなのだ。
　その点、ナンバー1を守り続けているコウはやっぱりすごい。

「わかってますって！　でも俺、絶対守ってみせますよ！」
　チャイの瞳はやる気に満ち溢れていた。
　私はやっぱりチャイを好きにはなれないし、そんな純粋な思いを持っていられるのは今だけだと思うけど、なぜか応援したくなるひたむきさだ。
「チャイ、頑張れ！　あたしドンペリ開けちゃう！　プラチナ持ってこ〜い！」
　まだたいして飲んでもいないナナが、いつにも増してハイテンションに笑う。
「ナナちゃん、やめようよ。結構今月、金使ってんだからさぁ…。本当にいいから…」
　ホストらしくない言葉。

一瞬、遠慮しがちに見せる営業方かとも思ったけれど、チャイの目は本気でナナを心配していた。その心配だけは真実だと伝わってくる。
「うるせぇな。お前、ホストだろ？　客に金使わせてなんぼの世界だろ？　甘いこと言ってんじゃねぇよ！」
　ナナは違うホストにドンペリと伝え、少し不機嫌に煙草を吸い始めた。

　ナナはチャイを無視して、他のホストと話し始めた。
　肩を落とすチャイを見て、なんだかいたたまれなくなった。
　私はグラスをチャイに渡し、「飲もっ！」っと言った。
　チャイはグラスに入ったウィスキーをロックで一気に飲み、深いため息をついた。
「俺、ホスト向かないかもしれないッス…」
「何言ってんのよ！　入って３ヶ月も経たないうちにナンバー圏内に入ってるホストの言う言葉じゃないでしょ！」
　私はチャイの背中を軽く叩き、激励した。
「いや…。なんか嫌なんですよ。枕でも色恋でもしてやろうって気持ちでいたんすけど…でも…」
　チャイは静かにナナを見つめた。
「方法は…それだけじゃないんじゃないかな…」
　私は少しだけチャイの気持ちに同調してしまう。
　だって…おそらく…彼は…。
「でも、俺は仕事以上の気持ちを抱いたら、やっぱりホストは続けられないと思う」

それこそが普通の感覚なんだろう。
　私は侵されている。たぶん、ここにいる人間の大半が侵されている。
「ってか、そういえば…コウさん、ヤバそうですよ」
　心臓が高鳴る。
　なるべく見ないようにしていた。コウを見ないように…探さないように…。
　そうやって意識することが、どれだけコウを意識してることに繋がったのだろう…。

　この作られたお城の、トップに君臨するあなたは、この時、どれだけ自分を犠牲にしていましたか？
　どれだけ自分の心を殺していましたか？
　どれだけ自分の人生を誰かのために捧げてきたのでしょう。
　明日、自分が消えてもなんとも思わない。
　誰が彼を掬い上げたというの？

「ヤバいって…？」
　私は持っていたグラスを少し強く握り締める。
　汗をかいたグラスからしたたり落ちる水滴が、私の指を濡らす。
「ん〜。なんか不調っぽいんッス。ナンバー１…取れるのかなぁ…」
　チャイは自分のことのように、コウを心配する。
　それだけチャイも、コウに思い入れがあるということなのだ

ろう。
　店のフロアに目を向ければ、たくさんのホストに紛れて、ひときわ光を放つあなたがいる。
　その光はね…見ようとしなくてもいつだって…私の瞳に自然と入って、私を揺るがすんだよ…。
　その足が一歩前に踏み出すごとに、光が床に散らばる。
　すべての人の痛みを受け入れて、自分の人生を捨てた、優しいあなた。
　そんなあなただったからこそ、私はあなたに惹かれたのかもしれない。

「来てたんだ…」
　コウが私の席の前に立ち止まり、少し微笑んだ。
　私はコクリと頷くことしかできない。
　どうしても笑えないんだ。素直になれずにいる。
　素直になってしまえば、弱い部分を見せることになる。
「…て、知ってたけどね。入ってきた瞬間から」
　コウが苦笑いを浮かべる。
　知ってたって何？
　私があなたという光をいつも追い続けていたように、あなたも私を想っていてくれてたの？
「おっ！　ナンバー１登場！　こっち座れ〜」
　ドンペリを空にして、すっかり酔っぱらったナナがコウを席に呼んだ。
　コウは少し私に目配せをする。

「…座んなよ」
　コウは申し訳なさそうに、少し離れた場所に座った。
　こんな思いを、こんな顔をさせたいわけじゃない。
　でも言葉を素直に口にすることができず、あなたを困らせてばかり…。

「まぁ、飲めや」
　ナナがコウのグラスに酒を溢れるほど注ぐ。
「ちょっと！　ナナちゃん酔いすぎ！」
　なだめるようにナナの肩に手をかけたチャイを、ナナは振り払った。
　その振り払ったナナの気持ちが、ほんの少しだけわかる気がする。
　気分が悪くなりうつぶせになるナナを、チャイは懸命になだめていた。
「チャイ、頑張ってるらしいね」
　私はコウとグラスを合わせそう言った。
「あぁ…。頑張ってるし、チャイは気持ちがいいホストだからな。まぁ、心配にもなるけど…」
　コウはチャイを優しく見つめた。
　気持ちがいいホストなら、コウだってきっと同じ。
　だってあなたは、こんなにも優しく人を見つめることができる人。でもね……。
「優しかったら押し潰されちゃうもの。優しいのと弱いのは一

緒だわ」
「そうだな。弱音を吐いたら、弱味を見せたら、つけこまれちまう世界だよ」
　それでもコウはやっぱり、チャイを優しく見つめている。
「…でも…本当に強いってことは、優しいってことなのかもしれない。矛盾してるけど、優しさは強さと弱さのどちらにも共鳴してる気がする」
　私はグラスを置く。そしてコウの瞳を見つめる。
　優しいから強くなれる。強いから優しい。
　どっちだったんだろうね？
　あの時、コウはどっちだった？
　強くなりたいって願っていたよね？

「コウ、一人で全部抱え込むのは、強くなんかないし、全然優しくもないんだよ。人は一人でなんか生きていけない」
　コウは何も言わず、ただ私を見つめる。その瞳は揺らぐことがない。
　涙が溢れてしまいそうだ。でも、絶対に泣かない。
　ここで私は泣けない。今だけは泣いてはいけない。
「私…薫のために、なんでもしようとしてた。でも、それは薫のためなんかじゃなかったって最近思うの。今の私がしてること、薫が知っても喜ばないから。私がしてることは、結局は自己満足。だから、こんなの全然優しくないよ。ねぇ…コウは…どうなの？」
　コウは何も言わなかった。

コウの心に、私の言葉はきっと刻まれていない。それでも私は言いたかった。
　たとえわかってもらえなくても、伝えたい言葉がある。
　私は、それ以上は問い質(ただ)すことなんかしなかった。

　酔っぱらったナナを無理矢理タクシーに乗せ、そして私も家に帰っていった。
　…眠れない。
　だから煙草に火をつけて、朝の光が差し込むのをずっと待っていた。
　どうしてだろう。朝があんなにも嫌いだったのに…。
　朝は希望。夜なんかより優しく温かく、自然の光が照らす。
　優しさも温もりもいらないと思ってたから、嫌いだったのに。
　太陽の光が差し込む頃、私は布団もかけず、知らないうちに眠りについてしまっていた。

　──ピンポーン。
　家のチャイムが、ただ静寂の中に鳴り響く。
　起き上がり、寝室の扉を開く私。
　そしてリビングの扉に手をかけ、かけられてた鍵を解除する。
　確認なんてしない。確認なんてしなくても、私には誰だかわかるもの。
　だってこの扉を開ければ、一番欲しいものがきっとあるはずだから──。

「馬鹿…。ちゃんと確認しろって、いつも言ってんだろ…」
　コウが、疲れた体をそのまま私に任せる。
「確認しなくても…こんな時間に来るのなんかコウしかいないじゃない…」

　朝が嫌いだった。
　でも知ってしまったから。
　私の体にもたれ、強くコウを抱き締めた時、それは温かい。
　太陽の光のように柔らかく眩しく、心の奥まで冷たくなった私の体に、あなたはごく自然にスッと入ってきて、私を温かくする。
　この朝焼けの優しさが、あなたの優しさが、私を変えていく。
　だから代わりに今、私の持っているものすべてをあなたに捧げるように…。
　あなたを抱き締めさせて下さい。
　あなたの心を抱き締めさせて下さい。

ホストだからじゃなかったんだ。

枕だからでもない。
ましてや
真理が娼婦だったからでもない。

それでも俺は
真理とコウを
引き合わせちゃいけないと思ったんだ。

隠された出生の秘密。
失われた幸せだったはずの未来。
君に抱え切れるはずがない。

自分とコウの荷物まで背負ったら
君は駄目になってしまうと思った。

優しい人だったから…。

でも、人は時に
背負うことが幸福な場合もあったんだね。

背負うことで救われた人間も…
確かにいた。

緑色の瞳

　あなたの腕は温かい。
　あなたの瞳は優しい。
　この手を離したくない。
　好きになればなるほど、求めれば求めるほど、あなたが欲しくなる。
　あなたのすべてが欲しくなる。

　光が差し込むベッドで、私たちは久しぶりにお互いの体温を感じ合う。
　誰とも感じたことがない。
　二人だけにしか味わえない。二人にしか生み出すことのない、特別な温度。
「真理が好きだと思う」
　コウは決して私に愛してるなんて言わない。
「私もコウが好きだよ」
　だから私も愛してるなんて言わない。それは軽々しく口にできる言葉じゃないと思うから。

愛してる。
　たった五文字で言えてしまう言葉で愛が表現できるわけない。
　それはどんな言葉より難しいこと。"愛してる"の責任は重たいものだから。
　でも、いつかは言いたい。
　その時が来るなら、私のすべてをかけて、本当の愛をあなたにあげたい。

「売り上げ、落ちちゃってるんだって？」
　少しだけひんやりとする部屋の空気。
　二人で１枚の毛布を共有すれば、再び熱が生まれる。
「真理のことばかり考えてさ…」
　コウはそんな言葉を吐いて、毛布の中に顔を埋めた。
「何、顔隠してんのよ」
　体を覆う毛布を引きはがすと、コウは耳まで真っ赤になっていた。
　その様子を見ると、おかしくて、可愛くて、私はついつい大笑いしてしまう。
　そこには、いつも冷静だったコウの姿はなかったから。
　でも、そんなコウの姿が愛しい。
　本当に本当に嬉しかった。笑って、泣きたいくらいに嬉しかった。
「あはははは！」
「笑うな！」
　コウは再び毛布にもぐり込み、顔を隠してしまう。

「ごめん…。あまりにもコウが可愛いから」
　私がコウの髪を優しくなぞる。
「俺さ、自分のこと話すの苦手で、いつも真理になんも話さなかったよね。本当は怖いんだ。誰かの痛みや悲しみを聞くことより、自分のことを話すほうがずっと怖い」
　コウが続ける。
「俺がどれだけ醜い人間かってことを、真理に知られるのが本当に怖い。でもね、いつか話したいと思う。お前に俺のこと、知ってほしいと思う。こんなふうに誰かに自分のことを知ってもらいたいって思うの、初めてなんだ」

　コウはさっきとは違う、落ち着いた口調で私に話しかけてきた。本当の想いを…。
　本当は誰よりも臆病で、幾層にも重なったあなたの傷。
　私は変わらない、人の気持ちは変わるって、いつか誰かが言っていた。
　でもね、私がコウをわかりたいって思う気持ちは、絶対に変わらない自信があるんだ
「うん、待つよ…。コウが話したくなる日が来るなら、100年かかってもいい」
「100年かかったら、死んじゃうよ」
「じゃあ、泡になって待ってる。王子様は必ず来てくれるんでしょ？　コウが約束してくれるなら、私はいつまでだって待てるよ」

コウが振り向き、私の手と自分の手を合わせる。
　いつか救いだしてくれる希望の手のひら。
　剥き出しになった肌には、お揃いのネックレスが光っている。
「いつか意識がなくなっても、記憶がなくなっても、たとえ真理がしわくちゃのおばあちゃんになっても…必ずこの手を見つける」
　握られた手は、ふたりの体温が混ざり合って温かく溶ける。
　この手の温かさを、忘れないように噛みしめる。
　いつか辿り着けるよ。
　お互いがお互いを本当に大切だと思えば、そこに形なんか必要ない。

「もう10時か…。そろそろ行かなきゃ」
　時計の針を見つめる。
　今日は月曜日で、薫の病院に行く日だった。
　いつもより、少し遅い時刻。
「薫ちゃんのところ？」
　私が静かに頭を下げる。
「俺も行っていい？」
　コウが言葉を選ぶように、慎重に聞いてきた。
「もちろんよ」
　私は微笑んで答えた。
　コウが私に自分のことを知ってもらいたいと思うように、私だって自分のことをコウにたくさん知ってもらいたい。

よく晴れた日だった。
　暖かい陽射しと冷たい風が混ざって、心地良い空気が生まれる。
　途中、小さな花束を買った。病院へ急ぐ。
　薫の病室の扉に手をかける。
　いつもここで戸惑ってしまう。
　私はここに来るべき人間なのか…。私はここに足を踏み入れるのを許される人間なのか…。
　後ろからコウが私の手を握り締める。
　振り返ると、コウは笑っていた。いつも以上に優しい微笑みを私に見せる。
　コウがいてくれたから、前に進める気がした。

　扉を開けると、薫はいつものように眠っていた。
　コウは薫の顔を覗き込んだ。
「はじめまして。薫ちゃん」
　そうして優しく薫の髪を撫でた。
　大きな手…。
「似てないでしょ？　私と違って美人」
「そんなことないよ…。真理に似てるよ」
　ベッドの横にある椅子に腰をかけて、私たちは薫を見つめていた。
　目を開けることもなく、動くこともなく…。
　けれど、薫は確かに生きている。

「私、お花を花瓶に入れてくる」
　私は立ち上がり、花瓶のある台に手をかけた。
　その瞬間、気づいてしまった。いつもはそこの棚にあるはずの花瓶がないということに…。
　私は思わず震え出してしまった。
　頭が真っ白になる。いつかのように幼い頃のことがフラッシュバックのように思い出される。
　ダメ…お願い。こんなのは嫌だ。
「真理？　どうした？」
　震えて硬直した私に気づいたコウが、声をかけてきた。
「…早く出ていかなくちゃ」
　今日はいつもより病室に来る時間が遅かった。
　２年間で、一番恐れていたこと…。

　――ガチャ――。
　病室の扉が開く。足は動かなくなっていた。
　扉の先には、あの頃より少しやつれた母が花瓶を持って佇んでいた。
「真理…」
　母は驚きを隠せないようだった。
　２年間ずっと会わなかった娘に、いきなり再会してしまえば当たり前だろう。
　私と同じくらい、いやそれ以上に母も動揺していたはずだ。
「お母さん…」
　そう呼ぶことさえ、２年ぶりで…。

「真理…」
　母は顔を真っ赤にして、少し涙ぐんでいた。

「真理…。俺、ちょっと煙草吸ってくるから」
　私の肩にポンと手を置き、母に一礼をした後、コウは病室から出ていった。
「久しぶりね…。今の人は…恋人？」
　私は横に首を振る。
　母は棚に花瓶を置いて、冷蔵庫からコーヒーを出し、私に差し出した。
「あなたでしょう？　いつも来て、お金を置いていくの…」
　私は何も言えず、差し出されたコーヒーを一気に流し込んだ。
「困るわ、あんな大金。それに……あなたのせいじゃないのよ……」
　母は下を向き、一言一言、丁寧に喋る。
「縛られないで…。薫のために生きようなんて思ってはダメ。真理には真理の人生がある。真理は薫のために生まれたわけじゃない」
　母は私にそう言うと、自分の手にあるコーヒーを開けた。
　手に持つコーヒーは微かな震えを見せ、母はずっと下を向きながら唇を噛み締めている。
　そんな母を見つめ、心が押し潰されそうになる。
「だって薫は目覚めないじゃない…」
　私はやっと重い口を開いた。
　精一杯だった。

隠し切ってきて、誤魔化してきた感情が一気に爆発しそうだった。

「私が…私のせいで、薫は…」
「それは違う！」
　母が強い口調で言った。
「あれは事故だったの。誰も悪くなかったの。悪かったとすれば、私だわ」
　母は今にも泣き出しそうな声で震える。
　こんなに小さくなった母を、私は泣かせたいわけじゃない。
「お父さんとの真理へ対する態度の原因を作ったのは、お母さんだったから」
　そう言うと、母はゆっくりと続けた。
「お父さんと出会う前、すごく好きな人がいた。片想いだってわかってても、どうしても諦められなかった」
　母のそんな話を聞くのは初めてだった。
　誰でも過去があって、誰でも生涯忘れられない人がいる。
　それを責めるつもりはない。
「それでも、お母さんは、今のお父さんがいて、真理がいて、薫がいて、幸せだった。お母さんの冷たく凍ってしまった心の氷を溶かしたのは、お父さんだったから。それでも納得できなくて、本当に愛されてるのか不安になって、お父さんは虐待を繰り返した。その矛先が真理だった。真理が私に…似ていたから」
　母はそこまで一気に喋ると、息が詰まって話せなくなってし

まった。

「私はお父さんの子だよね？」
　母は首を縦に振った。
「当たり前じゃない！　お父さんだってずっとずっと、そんなことわかってんのよ！」
「じゃあ、どうして殴ったの…？」
「愛していたから…。愛することは、時に怖いね…。そんなこと、言い訳にしかならない……。真理がいなくなってから、お父さんは元気がなくなって、毎日真理の話ばかりするの……。泣きながら、真理のことばかり…」
　母の瞳からは絶え間なく涙が溢れ落ちた。
　私はそんな母に、かけてあげる言葉さえ見つからなかった。

「どうして殴ることしかできなかったんだろう。怒鳴ることでしか言葉をかけてあげられなかったんだろう…って毎日のように…」
　私は薫の顔へと目を落とした。
　薫は穏やかに眠っている。
「あなたが置いていったお金、使ってないの。お父さんが管理してる。いつか真理に返すって」
「あれは私のものじゃないから…。薫のだから」
　私は下を向き、母に茶色の袋を押しつけて、病室を出ようとする。
　もう聞きたくなかった。

聞いたところで過去は取り返せない。　受けた傷と過去を許すことは、容易なことじゃない。
「真理…。帰ってきて！　あなたの居場所は、いつでもここにあるの！　一人なんかじゃない！　あなたには、私もお父さんもいるの！」

　私は一瞬立ち止まる。
　けれども、母の顔は見ることができなかった。
　だから、そのまま病室を出た。
　許せるわけないよ…。
　傷は時が経てば塞がるんじゃない。忘れていくだけなんだ。
　思い出せば傷は疼き、痛みはあの頃とともに蘇る。
　それに私だって許されない罪を背負ってる。
　父を許すということは、私自身を許すということ。
　罪を許すってそういうこと。
　そして私は、自分を許せないでいる。
　薫が掴みとるはずだった明るい未来は、現在にない。
　薫の時間はあの日から、時計をわずかにさえ動かさない。
　私が、薫の未来をメチャクチャにした。
　罪のない薫を、メチャクチャにした。

　病室を出て、喫煙所に行くとコウが煙草を吸っていた。
　どこを見ているんだろう……。
「待たせてごめんね」
　コウに笑顔を見せると、コウは心配そうに私の顔を覗いてき

た。
「平気か?」
　私は煙草に火をつけると、静かに頷いた。
「ねぇ…。誰かを許すのって、自分を許すことと似てるのかもね」
　私はそう呟いた。
　自分を許せない今、誰かを許すことは私にはできない。
「いつか言ってたよね?　自分を愛せない人間は、他人も愛せないって。それと同じで、自分を許せない人間は、他人を許してあげることもできないと思う。私、情けないね…」
　吸っていた煙草を肺の奥に入れると、少し頭がクラクラし始めた。
「愛すことも許すことも、しようと思ってできることじゃない。いつかそうあるべきことが自然にそうなっていくんだと、俺は思うよ」
　コウが私を支えるように…。
　その言葉がまるで私を許してくれるかのように…。
　いつか自然に…私もあなたも誰かを許し、自分自身を許せた時…私たちは一緒にいることが、できるのかな?

　病室を出て、私たちは別れた。
　仕事は夜から。
　それまで少し寝ることにした。

　夜になり、事務所に行くと中から声が聞こえてきた。

ナナの声と、少し幼くて若い声…。
　扉を静かに開けると、中には赤いスカーフに、灰色のスカートを穿いたセーラー服の女の子がナナと向かい合って座っていた。
「あっ、真理！　おはよう！」
　セーラー服の少女は、困惑しながら私を少し見て、ペコリと頭を下げた。
　小さくて可愛い女の子だった。
　今どきの女子高生らしく、目の周りを黒く囲み、伸びたまつげに、頬をすべらせたピンク色のチーク。
　そして長くてストレートの黒髪があどけなく揺れた。
「何？　新しい子？　女子高生を使うなんて、ただでさえ法に触れてんのにヤバくない？」
　私はちゃかすように今日の予定表に目をやった。
　上がりは12時か。なかなかの重労働だな…。そんなことを考えていた。
「違うよぉ！　この子、秀明の妹なんだよ！　妹のハルちゃん！」
　ナナはケラケラ笑いながら言った。

「ハルカです。いつも兄がお世話になってます」
　しっかりとした口調で、でもどこか幼さの残る声で、女子高生の割には落ち着いて喋る。
　あの秀明の妹とは思えないぐらい、ハルカは礼儀正しい女の子だった。

「えぇ！　秀明にこんな可愛い妹がいたのぉ？　てか、あんた何歳よ？」
　私はハルカの顔を覗き込む。するとハルカは花のような笑顔を見せた。
「17歳です。高校2年生です」
　まだあどけなさの残る少女の、つぶらな瞳は誰かに似ていた。
「あんたも、緑色の瞳してんだね」
　私はハルカの目を見て言った。
「カラコンじゃないですよ！」
　ハルカはやっぱり花のように笑う。
　可愛いってきっとこういうことを言うんだ。
　容姿だけではなく、その人の中から出るオーラのようなもの。
「秀明にさ、昔、あんたの目なんで緑色なのって聞いたら、今、流行りのカラコンだとか言うから、最近まで私も信じてたよ。だってさ、青い目ならわかるけど、緑だよ？　緑！」
　マジかぁ、とナナがケラケラ笑う。

「兄は人をからかうのが好きだから。でも、コンプレックスだったのかも…。人とは違う瞳の色ですし」
　きちんと受け答えするハルカを見て、年齢の割にはしっかりしてる子だなと感心した。
「てゆーか、お茶くらい出してやんなさいよ」
　私は冷蔵庫から烏龍茶を取り出し、コップに注いだ。
「でも、ハーフなわけじゃないんですよ。お兄ちゃんと私はクォーターってやつなのかな？　お父さんがハーフだから」

——ガシャーン！
「あ！　真理、何やってんのよ！」
　ナナが思わず大きな声を出す。
「大丈夫ですか⁉」
　その横でハルカは驚いた顔をしていた。
　私は割れたグラスのかけらを拾い集めた。
　グラスの割れた破片が刺さった指から血が流れ、鈍い痛みが襲ってくる。
　でも、今はそんなことなんては頭になかった。
　父がハーフ？　緑色の目？
　そう。偶然で片づけるには、すべてが繋がる話で…。

　その時ちょうど、事務所の扉が開き、秀明が入ってきた。
　ハルカの姿を見つけ、ツカツカとこっちへ歩いてくる。
　眉間にシワが寄り、誰が見ても秀明は怒っていた。
「ハルカ！　何やってんだよ！　ここには来るなっつってんだろ？」
　激しい剣幕で秀明がハルカに巻くしたてる。
「ちょっと、秀明！　ハルちゃんは私が呼んだんだよ！　そんな怒ることないじゃない！」
　ナナが秀明とハルカの間に割って入る。
「うるせぇな！　お前は黙ってろよ！」
　秀明がナナを突き飛ばす。
　床に転んだナナは顔を歪めた。

けれど私はそんなことよりも、さっきのハルカの言葉が頭から離れなくて、ただ呆然と立ち尽くしていた。

「ナナさん、大丈夫!?」
　ハルカがナナをかばうように、ナナの前に立ちはだかる。
「何すんのよ…。最低…」
　ナナが秀明を睨む。
「…何が…何が不満なのよ！　いっつもイライラしてさぁ！　他に女作って！　ヤクザなら当然だって?!　ふざけてんじゃないよ！　てめぇの人間性に問題があるんじゃねぇか！」
　今まで溜まっていたものすべて吐き出すように、ナナが秀明に激しい罵声を浴びせる。
　事務所の静寂の中、二人の激しい口論だけが響いていた。
「あぁ？　笑わせんな！　人間性の話をお前が語ってるんじゃねぇ！　体売って、親父のモノくわえて平気な顔をしてるお前のが異常なんだよ！」
　それは、お互いに溜め込んでいたことだった。
　お互いがわかっていたけど、見て見ぬふりをしてきたことだった。
　本心を暴いてしまえば、綺麗なままじゃいれないから…。
　体を売ってきたナナと、それを一番近くで見てきた秀明。
　それをしたナナと、それを黙って見ていた秀明
　どっちが狂っていたのだろう？
　それともどっちも狂っていたのだろうか？

その場にうずくまり涙を流すナナが、不謹慎だけど何よりも綺麗に見えた。
　それ以上は、お互いに何も言わなかった。
　立ち尽くし、傍観者のごとくそれを見ていた私は…壊れていく…と、ただそれだけ思った。

「真理、仕事だ。行くぞ。ハルカも乗ってけ！」
　秀明はナナの涙を拭わなかった。
　ナナのことなんか一切見ず、それを吐き捨てるかのように言うだけだった。
　ナナに「大丈夫？」と私が声をかけたら、ナナは声にならない声でただ頷いていた。
　大丈夫なわけがなかった。
　好きな人にあんなことを言われて、平気な人なんかこの世界にいないよ。
　車に乗り込んでも、車内では誰も一切話をしようとはしなかった。
　誰も目を合わせようとはせず、それぞれに違う場所を見つめている。
　車の中を流れる音楽だけが、静かに響いていた。
「迎えはいらないから」
　ホテルに着いたら、まず秀明にそう言った。
　秀明は私なんか一切見ず、声さえも出さず、ただ街の行き交う車を見つめながら頷いた。
　後部座席に乗ってるハルカに、「またね」と一言声をかけて、

私は車を降りた。

　ホテルの中に入ってからも、仕事には集中できなかった。
　ベッドのギシギシ揺れる中で、私はただ無感情に体を動かしていた。
　秀明の本音…。それを聞いたナナも痛かった。
　でもそれ以上に痛かったのは、それを吐き出した秀明だったのではないか。
　傷つけられるのは痛い。でも傷つけるほうだって痛い。
　人を傷つけた言葉は、必ず己に返ってくるのだから。
　行為を終えても、私はなかなかベッドの上から立ち上がれないでいた。
　白いシーツにくるまれた私の姿が、ホテルの大きな窓に映る。
　街のきらびやかな光に同化している体が、ひどく醜く映っている気がした。

　客がビールを手にし、テレビをつける。
　──風俗営業法に違反した店が次々と摘発されている。
　ニュース画面にたいして興味のない映像が流れていた。
「ひゃー、怖いなぁ！　まぁでも、真理のとこはちゃんとしてるからな」
　客は笑いながら、ビールを飲んでいた。
　私といえばまったくニュースの内容が頭に入らなくて、別のことを考えていた。

ホテルを出ると同時に、私の携帯が鳴った。
「もしもし、真理？」
　コウの優しい声が電話越しに伝わり、思わず泣き出しそうになった。
　どうしてこの人は、私の一番大切な部分を緩ませてくれるんだろう。
「どうしたの？」
「いや…。今、お前の事務所の前なんだけどさ。風邪ひいて熱あるみたいで、仕事、早退したんだ」
　電話越しから、咳をするコウの声がした。
「ほんと？　私、今から事務所に行くんだ。5分ぐらいで着くから、待ってて」
　電話を切ると、私は夜の街を走り抜けて事務所に向かった。

　休むことなく走り続けてしまい、事務所の近くになると息が苦しくなった。
　会える…。ただその気持ちだけが私を突き動かしていく。
　事務所のビルにある電灯の下で、コウが佇んでいた。
　声をかけようとした瞬間、視界にもう一人の人影が見えた。
　私は思わずビルの影に隠れてしまった。
　コウと一緒にいたのは秀明だった。
　近くで見ると、二人がどれだけ似ているのかが身に染みてわかる。
　コウの緑色の瞳と、秀明の緑色の瞳が一つに重なっていく。
　同じ緑色の瞳…。

「お前、なんなわけ？」
　秀明がコウに怒鳴っているのが、わかる。
「なんが？」
「なんのために真理に近づいてんのか聞いてんだよ！　何が目的なんだよ！」
「なんのためでもないよ」
「はぁ？　なんだ？　じゃあ、お前は真理が好きだって言えんのかよ！」
　秀明の激しい声が聞こえる。
　やめて…。
　今すぐこの場に駆け出して、秀明を止めたい。
　なのに、足がすくんで動かない。
　その次に続くコウの答えはもっと怖い。

「好きだよ」
　コウはそう言った。
　迷いも何もない声だった。
「ふざけんなよ！　お前にあいつの何がわかる！　何が好きなんだって言えんだよ！　何もわかってねぇくせに、いい加減なこと言ってんじゃねぇよ！」
「真理のすべてが好きだ」
　コウのすべてが好き──。
「いろいろな表情を見たり…あいつの感情や気持ちを感じて…そんな真理の彩る細胞全部が好きだ。そのすべてに俺の細胞が

反応するし、そのすべてが俺を揺さぶっていく」

　あいつを彩る、すべての細胞が好き…。
　あなたを彩るすべてが…。
　感情なの？　心なの？
　もっと違うの…。表現なんてできない。
　いくら離れてもいつの間にか惹かれあっていって、そこには確かな理由なんて一つもないのに…。
　それでもこの想いだけは手放せなくて、あなたがただ愛しくて…。
　あぁ…。私たち、こうやって同じことをいつも考えてきたんだね。
　言葉にしなくても、溢れる想いは、いつも一緒だった。

「俺は…お前が嫌いだ」
　秀明がコウに敵意を剥き出しにする。
　理由はわかってる。
　その理由は緑色の瞳にあった。同じ血を分け合った緑色の瞳に…。
　憎しみ合うためにだけしか、二人は生きられない。
「お前に真理は幸せにできないよ。なんでかは、お前自身が一番わかってるだろ？　…手首の傷。一生償えない…罪の十字架。お前は……悪魔だよ」
　秀明はそう言い残し、去っていった。
　ねぇ…。コウを照らす街灯が明るすぎて、今の私にはあなた

の顔が見えない。
　手首の傷と、一生償えない罪。
　少しずつ暴かれていく、過去と傷跡。
　あなたが抱える哀しみ。

　もうすぐ春が来るというのに、パラパラと雪がちらついてきた。
　コウの後ろ姿に雪がちらつくと、やっぱりそれは羽根のようで、コウが天使に見えた。
　真っ白だよ。
　あなたの羽根は、あなたの優しい心は悪魔なんかじゃない。
　私はちゃんと、それを知ってるから。

やっぱりさ
俺は無理だったんだと思う。

ナナの隣にいながら
あいつが苦しんでるのをわかっていながら
俺は結局
一番近くで、一番あいつを苦しめてきた。

俺はあの頃
いつも言い訳ばかりをしてきたよ。

この世界では
人を好きになればなるだけ
その気持ちが強いほど
苦しいのかもね。

だからきっと真理だって
同じ苦しみを味わうような気がしてた。

もしも時間が戻せるなら…
あの事務所で
お前と笑い合えた頃に…。

もしも時間が戻せるのなら…
お前を離したりはしない。

3rd NIGHT
ナナ

女　社　長

　　　　彼女を色に例えるなら
　　　　　透明なブルー。
　　青より、もっと綺麗な透き通った心を持っている。
　　　　　どんなに汚しても
　　　　黒には塗り潰せなかった。

　　　　　彼を色に例えるなら
　　　　　淡いオレンジ。
　　　その夕焼けにも似た優しい色で
　　　あたしのすべてを許してくれる。
　けれども、あたしが彼の色を酷く汚してしまった。

あたしの色は…?

あたしの色は…?

きっとひどく醜い
漆黒(しっこく)のカラー。

同傷

「コウ…」
　秀明が事務所に戻ったのを確認すると、私は静かにコウの前に顔を出した。
　振り向いた先のコウの瞳は、何も映さずに虚ろなまま。
　何を見ているのだろう。秀明と同じ目をして…。
「真理…。今の話…」
「ごめん、聞いちゃった」
　やっとコウの表情が動いて、緑色の瞳が、悲しく揺れる。
「俺とあいつさ、兄弟らしいよ」
　コウが苦笑いを浮かべながら私に言う。
　笑いながら言うことじゃないだろう。
　笑い話になることなんかじゃない。
　秀明とコウは…。

　季節外れの雪は、こんなにも冷たい。
　私の顔に一つ…また一つ…触れては、その熱で消えていった。
　コウもこの冷たさを感じているでしょ？

でも決して、あなたの冷たさを私が共有することはできない。
　同じ雪に打たれ、同じ痛みを感じたとしても、受け止め方は人それぞれで、愛も痛みも、重さは微妙にずれている。
　だって私たちは個人だもの。
　他人の痛みや悲しさなんてわからない。
　わかったなんて言っても、結局は自己満足で、どんなに近くにいたって、どんなに近い人間だって、一つになれない。
　寄り添えないよ…。
　コウの痛みはコウのもの。
　私の痛みは…やっぱり私のものだった…。

　私たちはタクシーに乗り込んだ。
「風邪、平気なの？」
「微熱だから…。あっ、そこ右で。広い道に出てください」
　微熱とコウは言ったけれど、明らかにしんどそうに見える。
　コウが運転手に指示を出す。
「ちょっと！　私の家の道じゃないよ?!」
　コウは構うことなく運転手に指示を出し続ける。
「…俺んち」
　私たちは出会ってから結構経つけれど、会う時はいつも私の家だった。
　コウの家に行きたいなんて言ったこともないし、望んでもいなかった。
　でも、私はいつも待っていたんだと思うよ？
　あなたの心の奥を、私に見せてくれる日を……。

「なんでいきなり…」
「理由なんかないよ。ただ、お前を連れていきたくなった」
　コウの家は繁華街からだいぶ離れていた。
　車の数がどんどん少なくなって、緑が増えていく。
　田舎道に入っていく。少し街から外れれば、一気に田舎だ。
「なんでこんな遠くに住んでいるの？」
　そんな疑問が湧いてきた。
　街で働いているのなら、街に暮らせばいい。
　コウほどの売れっ子ホストなら、望めばどんな贅沢な生活だってできたはずなのに…。
「郊外のほうが家賃安いだろ。あっ、そこを左に停めて下さい」

　着いたのは小さな木造の２階建てアパートだった。
　それを初めて見た時、やっぱり疑問が残った。
「こっち」
　そう言うと、コウは２階の奥の部屋の鍵を開けた。
　部屋は狭いワンルームで、はじっこに小さなキッチンがついていた。
　テレビとか冷蔵庫とか、本当に生活に必要最低限なものしか置いていない。
　ナンバー１の彼がなぜ？　なぜこんなところに住んでいるのだろう？
　小さな本棚の上には１枚の写真が飾られていた。
　若くて綺麗な女の人と、小さな男の子が写っている。

私がそれを手に取ると、「お袋なんだ」とコウが笑った。
「綺麗な人だね」
「綺麗で、弱い人だったよ」
　コウが写真を手に取って見つめ、そして静かに元の場所に戻した。
　写真の中のまだ小さなコウは、緑色の瞳を緩め、幸せそうに微笑んでいた。
　幸せそうで…でも悲しげで。
　この人はいつも、幸せそうなのに寂しそうに笑う。

「お袋さ、殺されたんだ」
　それは…あまりにも突然で、私の想像をはるかに超える告白だった。
　心が震えた。頭の中は何も考えられなくなった。
　コウに傷があること、悲しみがあることはわかっていた。
　でもそれが、どれほどの悲しみかは知らずにいた。
　コウは冷蔵庫からジュースを取り出し、私に手渡してきた。
　ジュースを受け取った私の手はこんなにも震えているのに、コウのその表情は、いつもと変わらない。
「殺されたって…何言ってるの？」
「正確に言えば、ひき逃げってやつ。15歳の時。クリスマスイブだったよ」
　12月24日。コウの誕生日だ。
「お袋さ、いつもケーキ買ってきてくれてた。俺、ずっとそれが楽しみでさ。でもあの時から…お袋がいなくなってからは…

自分で毎年買うようになった」
　そうだった。去年の誕生日も、コウは自分でケーキを買ってきていた。
　それがどれだけ寂しいことなのか…。
　お祝いをしてくれる、たった一人の家族を失うことがどれだけ哀しかったのか…。
　孤独の中でたった一つの温もりがあった。
　それすらも奪われたんだ。

「ケーキ買って、帰る途中だった。病院から電話かかってきた時には、もう息を引き取ってた。よく"こんなに綺麗なのに死んでるの？"とか言ったりするじゃん？　でもそんなの、言える状態じゃなかったよ。グチャグチャでさ。お袋だなんてわかんなかった」
　コウはやっぱり表情を変えない。
　それがますます不安な気持ちにさせる。
　泣き叫び、怒鳴り散らして、自分の感情を露わにしてくれたら、私はどれだけ救われただろう。
「普通のひき逃げだと思ってた…」
　無表情だったコウの表情が、一瞬、曇る。
　それはその日、初めて動いたコウの悲しみの感情。
　次に吐き出される言葉が…怖い。聞きたくない。
　その先に待つ現実は、きっと優しくはないから…。

「本当は計画的な犯行だったんだ」

声が出ない。何も言う言葉が見つからない。
　だって私が今持ってる言葉だけでは、とても彼の孤独を埋めることができないから…。
「やった奴…松尾の奥さんだよ。秀明のお袋さん」
　自分のお父さんの本妻で…自分の兄妹のお母さんで…。
　どうして人間はこんなにも、他人の痛みをわかってあげられないの？
　どうして皆、自分の欲望だけを大切にするの？
　この世の中は不平等で不公平で、幸せで笑ってる人間と不幸に泣き叫ぶ人間がいる。
　欲しいものを手に入れられる人間と、いくら求めても決して手には入れられない人間がいる。
　皆、自分が大切で守りたい。
　そんなこと、子供じゃないからわかってる。
　でもコウは奪われ続けたの。
　何もしていないのに、他人に人生を翻弄され続けられ…。

「憎しみ…ってやつだよな。お袋さ、親父とまだ続いてたんだ。だから奥さん、部下使ってお袋をやった。あいつらの世界で、その事実を打ち消した。あの世界はなんでも力さえあれば打ち消せる。力のある奴が勝つ」
「そんなの…汚い」
　みんな、狂ってる。この世界のすべては狂ってる。
　私は泣き出しそうな声を、精一杯ふり絞る。
「汚いよ。許せないと思ったよ。でもさ…相手の気持ちもわか

るよ。誰だって苦しかった。俺だけが傷ついたわけじゃない。俺だって…誰かを傷つけた」
　目を逸らし、何かを思い返すように喋る。
「そんなの…！　コウはもっと苦しむ立場だよ！　憎んでいいんだよ！　だってコウは被害者じゃない！」
　私はつい感情的になってしまう。
　だって許せないんだ。
「自分の心を蝕んでいくの。憎しみってね、自分の心に返ってくるの。誰も憎まないで。あなたの憎しみは私が代わりに引き受ける。だからあなたは苦しまないで」
　コウは静かに呟いた。
　でもそれは、コウの発言じゃない。誰かの想いだった。
　コウを心から大切に想い、コウのために生き、コウの心の悲しみに一番寄り添っていた人の…。
　その言葉は…ねぇ…その言葉は…その言葉は…。
　あなたが大切な人から、もらった言葉だったよね。

　生きる希望を決して失わなかった彼の隣には、いつも彼女がいた。
　コウの光だった、生涯ただ一人の人。
　誰かの痛みを共有できる自分になりたい…。
　初めてそんなことを思った。
「俺、真理が好き」
「私もコウが好き」
　お互いが惹かれあっているのをわかっていながら……それは

愛にはならない。
　あなたの心の中に、私より占める人がいたから。
「でも…愛してはいない」
「…私もよ」

　簡単であったならよかったのに…。
　たとえば人間に、アンテナみたいのがあって、それをキャッチして「愛している」という感情をもっとわかりやすく表現できる術があったとしたら、私たちは迷わずに済んだのに…。
　私たちが小さな子供で、失うものも失ったものもなくて、限りなくゼロに近い生き物だったとしたら、この時、私たちは素直に「愛してる」と言えたのかもしれない。

　コウは何も言わない。私も何も聞かない。
　わかるのは、コウは蜜葉を愛してるということ。私を愛してはいない。
　恋とか愛しいとかの感情ではない。
　けれどコウは蜜葉のためなら、人生を捨てられるし、捧げられる。それだけは私にもわかる。
　たとえばもう少し私たちの出会いが早かったら？
　たとえば蜜葉より先に出会っていたなら？
　考えるだけ無駄だ。考えることはすべて無駄なことばかり。
　変えられないのに…。
　時間は巻き戻せないし、たとえコウと私が先に出会っていても、私は蜜葉以上のことをコウにしてあげられたのかな？

自分を捨てて、それでも強く強く誰かを愛せたのかな？
　強く結ばれた蜜葉とコウ。
　初めて嫉妬した。初めて誰かを羨ましいと思った。
　自分を捨てるまでの強い愛を持てた彼女を…。

「帰るね」
「あぁ、送ってく」
　コウが立ち上がり、車のキーを手に持つ。
「いいよ。タクシー拾うから」
　コウは私を引き止めない。
　そんな資格はないから。コウにも私にも…。

　玄関の扉に手をかけた瞬間、さっきの彼女の言葉が蘇る。
"憎しみってね、自分の心に返ってくるの。誰も憎まないで。あなたの憎しみは私が代わりに引き受ける。だからあなたは苦しまないで"
　そこまでの愛を、羨ましいと思った。
　でも…違うの。私は違う。
　私にはやっぱり、他人の憎しみを抱えることが正しいとは思えないよ。やっぱりそんなの…優しくないよ。そんなの、一人で抱えるのより優しくない。
　じゃあ、どうすればいいんだろう？
　他人の痛みは分け合えない。
　一人で抱えるのも、代わりに抱えるのも優しくない。
　それならば私はどうしたかったのか…。

違うやり方で優しさを、愛を、上げたいと思った。
　でもその方法が思い浮かばないのならば、それは上げられないことと一緒だ。

　タクシーに乗り込むと、けたたましい音量の音楽が携帯から流れた。
「はい」
「おっす！　真理ちゃ〜ん！　何してんの〜？」
　電話はスワチからだった。
　少しお酒が入ってるらしく、テンションがいつもより高い。
　それとは裏腹に、低いテンションで私が答える。
「何って…。今、タクシーに乗ってる」
「なんか暗くね？　酒飲みに行こーぜぇ！　俺、今日オヤジからめっちゃチップもらったのね！　金持ちよ！」
　オヤジといっても、自分の父親ではない。彼が取ってる客のことだ。
　それを笑い飛ばすスワチは、やっぱりおおらかで強い。
　その明るさに今の私は救われる。
　スワチの声を聞き、安心する自分がいる。
「別にいいけど…」
「マジ？　じゃ、街に着いたら電話してねん」
　そう言うと、私の返答を待たずにスワチは電話を切った。

　街に着くと、スワチに電話をし、指示されたバーへと急ぐ。
　ビルの前から地下へと続く階段を降りる。

バーの中からは、心地良い柔らかなジャズが聞こえてきた。
　薄暗い店内。扉を開けてすぐに、珍しいボトルが目に入る。
　座っているのは落ち着いた雰囲気の男女が２組。
　カウンターには一人だけ制服の違うマスターらしき男と、バイトらしき若い男。
　そんな中で振り向いたのは…黒のダウンベストと、迷彩のパンツ、顔には面積の半分を占めるデカいサングラスの男。顔の小さい人だと思った。
「まっりちゃ〜ん」
　その男は私に気づくと、物静かなバーには似合わないテンションで私に話しかけてくる。
　でもそれがなぜか馴染んでいた。

「何飲む〜？」
　私にメニューを渡し、まるで子供のように微笑む。
「ビール」
　メニューに目を通さず、私はマスターに告げた。
「バーに来てビールかよ！　あっ、マスター。俺もおかわりのビールね〜」
　スワチは人なつっこい瞳をキラキラさせて、マスターに告げた。
「あんたもじゃん」
　鞄から煙草を取り出して、私が呆れたようにスワチを見る。
「だってビール好きなんだもん」
「私も。滅多なことがない限り、ビールばっか飲んでる」

「俺も、俺も！」とスワチが子供のようにニコニコ笑う。
　お酒がかなり入っているらしく、ひどく機嫌がいいらしい。

　私たちはビールで乾杯をした。
　落ち着いたバーで、ハイテンションのスワチと、それを少し冷めた目で見る私。
　怪訝(けげん)そうなマスターの顔とジャズの優しい音色がマッチして、居心地がいい。
　こんなふうに穏やかな時間を一緒に過ごせるっていうことは、ウマが合うんだろうな…。
　コウといるときはこんな安心感とかはなかったことを、ぼんやりと思い出していた。
「んでさぁ！　そのオヤジ、俺にケツの穴舐めろとかいうわけ！」
　周りなんか気にせず、ベラベラと喋るスワチ。
　表情がクルクル回り、ずっと見続けていても飽きない。
　一体、何個グラスを開けたんだろう。
「ぎゃはは！　マジでウケるんだけど。で、あんたは舐めたわけ？」
　私も何杯かビールを飲み、スワチのテンションに誘われて、いつの間にか大声になってた。
　こんなふうに大笑いをして、自分の感情を出すことはいつ以来のことだろう。
　自分がずっと笑っていなかったことに、今さらながら気づく。
「当たり前だろ！　仕事は仕事！　もう舐めまくりだろ。揉み

まくりだろ」
　スワチの話し方は人に気を遣わせない。
　いつの間にか人を引き込んで、明るい気持ちで引っ張っていってくれる。
「ゲッ、気持ち悪い。私、あんたとは絶対キスできないね」
　私はつられて大爆笑した。
「ひでぇ…。真理ちゃん、キッス・プリーズ！」
　おどけて唇を突き出すスワチの唇を掌で叩く。
　そんな私をゲラゲラ笑い、大袈裟に痛がるふりをする。
　店のマスターも、すっかりスワチのペースに乗せられて大爆笑している。

　スワチがいるだけで、暗い空間に光は射し、悲しみはやがて笑顔に変わる。
「ひでぇ、真理ちゃん！　女の子は優しくなきゃモテないよ！」
　スワチがビールを一気に流し込む。
「あんたにモテたくありませんよーっだ」
　そのやりとりを見て、マスターは笑っていた。
「マスター、注文いい？」
　テーブルに座っていた男女がマスターを呼ぶ
　マスターは慌てて、その席へと急ぐ。
　ジャズの音楽が一瞬止まる。
　そして私たちの間にも少しの沈黙が流れる。
　再びジャズの優しいメロディが聞こえて、スワチの口も動き

出す。
　さっきとは違う、少し落ち着いた喋り方で…。

「元気、出たみたいだな」
　スワチが私の頬を指でつつく。
「え？」
「電話で元気なさそうだったから何かあったのかと思ってさ」
　私の頬をプニプニといじるスワチ。人の気持ちに敏感な人だ。
　盛り上げようとするのも、いつも誰かのためなんだろう。
　いつも自分の辛さや悲しみを後回しにして、笑ってくれる。
　人が悲しい時は、それ以上に笑ってくれる。
　きっと嬉しい時だって、それ以上に笑ってくれる。
　スワチは、そういう人なのだ。

「あのさ…誰かのために何かをしたいとか、誰かの傷を代わりに背負うとか、自分で全部抱えるとか、どれも優しくないよね？」
　私が一気に喋る。
　伝えたいことが上手く伝えられない。
「愛ってなんだろう…。誰かのために何かをするのって、結局、自己満足な気がする」
　自分でも自分が混乱していることがわかっていた。頭の中を整理する。
　大切なことはまとまっているはずなのに、それを言葉にできない。

「ん〜…。何があってもさ、他人の傷は他人の傷だよね…。それを自分が背負うのは、やっぱり不可能だよ。どんなに心が近くても、全部がぴったり合う人間なんかいないしね。感じ方も人それぞれだし」
　スワチは、残りかけのビールを飲み込んだ。
「それでもわかりたいって思うじゃない。大切な人なら、なおさらわかり合いたいって思っちゃうよ」
　私のビールは半分以上残っている。泡はすべて消えていた。
「俺だったら何もしない。何もしないけど、隣で笑ってあげる」
　あなたの傷も、あなたの痛みも、わからないからね…。
「隣で笑って支えてあげる」
　笑ってあげる。誰かが笑ったら、自然に笑顔になれる。
　あなたの笑顔が私のものになり、私の笑顔があなたのものになる。
　ただ笑ってあげることの大切さを、私はこの時、スワチから学んだんだよ。

　スワチの言葉に思わず吹き出してしまった。
　その考えが…何もしないという考えが…きっと私にもコウにも思いつかないことだから。
　私たちはいつも誰かに何かをしたいと思う。思いながらもそれをできない自分に迷う。
　何もできない自分がもどかしくて、でも何かをしてしまえば空回ってしまって…。

大人になればなるほど、いつだって物事を難しく考えてしまう。
　でも、答えはいつだってシンプルであるべきだよ。
　だから人は子供の、何も邪気なく笑う姿に、何もしてもらえなくても救われるのだろう。
　大人になるごとに、私たちは一番大切な物を失う。
　笑うことの本当の幸せを、忘れてしまうんだね。
「あっはっは！　あんた、面白いよね。あんたと話してると、全部がちっぽけに思えてきちゃう」
　私は残っていたビールを一気に流し込んだ。
　少し炭酸は抜けていたけれど、それは心地良く喉に染み渡った。

「あっ、てかさ…。ちょっと気になったんだけど、ナナと秀明、上手くいってる？」
　──ナナと秀明。
　そうだ、二人が事務所で…。
　あの喧嘩の日。二人のあんな姿を初めて見た日。
「私も気になってたんだよね。この前、二人で喧嘩しててさ」
　思い出す。秀明はナナの涙を拭わなかった。
　あんなに冷たい秀明も、あんなに弱々しかったナナも初めて見たんだ。
「そっかぁ。なんか秀明も最近イライラしてて、見てられねーんだよな」
　最近は事務所でも秀明に会っていない。

ナナは出勤しているのだろうか？

「電話してみるね」
　鞄から携帯を取り出し、ナナの名前を探す。携帯を鳴らすと、受話器の奥から音楽が聞こえてくる。
　流行りものが好きな彼女らしく、最新のヒット曲が流れる。
「あいよぉ～」
　なかなか電話に出なかったが、明らかに酔っている様子のナナの声が受話器から聞こえた。
　後ろからはザワザワとした音が聞こえる。
　男と女の笑い声が入り混じっている。
「ナナ?!　どこいるの？　ホスクラ？」
「ふぁい？　てか、誰よぉ～」
　酔っているナナには話が通じない。
　後ろではさらに騒がしさが増している。

　何度呼びかけても、ナナの返答は虚ろだった。
「ちょっとナナちゃん！　真理さんでしょ？　貸しなよ」
　後ろから男の声が響く。
　聞き覚えのある声……。
「もしもし？　真理さん？　チャイです」
　ザワザワとうるさい音。男女の入り混じる声…。
　やっぱりホスクラだ。
「ちょっと、酔わせすぎじゃないの？」
　強い口調で、私がチャイに当たる。

こんなの八つ当たりだってわかっていたけれど、秀明とのあの喧嘩があったあの状況で、チャイと一緒にいることに苛立ちが募る。
「ごめんなさい…。止めたんですけど…」
　チャイが素直に謝る。
　そのことになおさらイライラしてしまう。
　どうしてこういう時って、人の優しさや好意を素直に受け取れないのだろう。
「ちょっと！　今、街にいるから迎えにいく！」
　わかりましたとだけ言い、チャイが電話を切った。
　私はイライラしていた。
　チャイに関わると、なぜかいつもイライラしてしまう。
　チャイが嫌い？　嫌いは嫌い。でもそれはチャイが悪いわけじゃなくて、私の勝手な感情だ。
　そんな自分の性格が、一番腹立つのかもしれない。

「ちょっとホスクラ行ってくる」
　私はテーブルに１万円札を置くと、椅子を立った。
　ガタン、と小さな音が店に響くと、マスターが目だけを動かしこちらを見る。
「ちょっと待てよ。心配だから俺も行く」
　立ち上がったスワチは、マスターに指でバツ印を作る。
　待ってたかのように伝票はすぐに出てきて、スワチが財布から２万出す。
　私が出した１万円札は、無理矢理、私の鞄に納められた。

その気遣いを拒否しようと思ったけど、今はそれどころじゃなかった。
　私たちは足早に店を出た。
「ナナってちょっと酒入ると、マジでタチ悪いからね？　覚悟しときなよ。あれは酒乱だね」
　歩きながらスワチに釘を刺す。
　冗談めかして言ってみたけれど、心は穏やかじゃないし、全然笑えない。
「タチ悪いのは客で慣れっこだ」
　大きなサングラスの奥の瞳が笑う。
「ケツを舐めろ」と言った客の話を思い出し、私もまた笑う。
　ピリピリと張りつめた気持ちが、ちょっとだけ楽になれた気がした。

『1000の言葉』の前に着くと、玄関でチャイが困った顔をして立っていた。まさにお手上げなんだろう。
　私たちは席に通される。
　一番混む時間帯らしく、席は満卓だ。
　ナンバー１不在の影響はない。
「ドンペリ開けろって！　なんならこの店で一番高いボトル開けろや！」
　ナナがソファにもたれかかっている。
　目は半分しか開いていなくて、今にも倒れそうだ。
「あんた、何やってんのよ！」
　私がナナの隣に座り、ナナの頬を軽く叩く。

「ありぇ、真理ちゃん？　なんれいるの〜？　スワチも〜。真理ちゃん、浮気？」
　ナナはケラケラ笑いながら、私たちに絡みだした。
　人の心配なんかお構いなしのナナに、イラつく。
「ナナ、水飲みなって！」
　スワチがナナに水を差し出す。
　けれどナナはそれを手で払った。
　払いのけられた水は、床に散らばって落ちた。

「てゆーか、帰ろうよ。私、送ってくから」
　私がナナの腕に触れると、ナナはそれを振りほどいた。
「触んないでよ！」
　弾みで、ソファに倒れこんでしまった。
「ナナ、少し落ち着きなって」
　スワチが口を挟む。
　さっきまでおちゃらけた口調だったけれど、いきなり真剣になる。
　私だけならともかく、スワチにまでこんな態度をとるナナが、許せなかった。
　ナナはグラスに残っていたお酒を一気に飲み干した。
「うるせぇ！　売り専やってる男が偉そうに言うなよな！　何？　あんたら一緒にいて付き合ってるわけ？　娼婦と売り専でバッカみたい！　汚いよ！」
　ナナのいきなりの言葉に、場は凍りついた。
　自分がどれだけのことを言ってるか、たぶん彼女はわかって

いる…。
　周りを傷つけなければ抑えきれないぐらい、彼女は傷ついていたんだ。
　痛かった。私もスワチも、そしてナナも。
　これじゃ、痛み分けだ。
　でもナナは、それでしかもう自分を保てないかのようだった…。

娼婦と売り専のくせに
同じ街で、同じ傷を抱えたあなたたち。

誰よりもわかっていた。
それは他人を苦しめるのと同時に
自分をも苦しめた言葉。

あたしはいつも
こうやって誰かを傷つけることで
自分を保ってきた気がする。

押し潰されそうだったの。
真っ黒に塗り潰されていく自分。

心の中はぐちゃぐちゃで
真っ白なキャンバスに
再び綺麗な色を乗せることはできるのかな？

あたしは汚れすぎたのかもしれない。

小さな命よ。
小さな命よ。
どうかあたしを真っ白に生まれ変わらせて。

小さな命よ——。

命

　スワチが両手でナナのほっぺを軽く叩く。
　その行為が、さらに私たちを静寂に巻き込んでいった。
　いつも笑っていた。
　周りを笑わせ、自分も笑ってた。
　初めて見る、スワチの本気で怒った顔。
「頭、冷やしな。他人に八つ当たりするのは間違ってる」
　そう言うとスワチはサングラスをかけ、店を出ようとした。
　ナナは静かに目に涙を浮かべている。
　店を出るスワチ。
　サングラスに隠れて、その瞳から感情は読み取れない。
　けれどもその背中は、ここにいる誰よりも…ホストより、キャバ嬢より、風嬢より…私には寂しく映る。
　優しい彼の、本当の哀しさを見た気がした。

「スワチ！」
　ビルの入口まで出たスワチに、私は声をかける。
　振り向いたスワチの瞳は、夜の闇に隠されて見えない。

「気持ち悪いよな…。男に体を売ってる男なんてさ……」
　口元は笑っていた。
　でも心は全然笑えてないよね。
　いつも笑ってたって、笑顔の奥に涙を隠してる人なんて、たくさんいるんだよ。つらくなかったわけがない。
「ごめんなさい。嫌な役をさせて…」
　スワチが先にナナを叩かなければ、きっと私が叩いていた。
　きっとスワチはそれを察して、自ら悪役を買って出たんだ。

　スワチはやっぱり口元だけで笑う。
「悪役は一人で充分だよ」
　そう言うと、少し背中を丸め夜の街に消えていった。夜の光とともに…。
　なんて優しい人だろう。コウとは明らかに違う。
　おどけた態度はいつも自分を守るためだった。
　いつも臆病で、本当の優しさは表に出さなかったあなた…。
　だって、いつだって傷つかない人なんていない。
　売り専のくせに——。
　いつだって彼は、辛いことを笑い話に変えてくれた。
　いつだって彼は、私を笑わせてくれた。
　私に、笑顔がどれだけ大切かを教えてくれた。
　消えていく。消えていく。
　光に消えていく寂しい背中…。
　街の光はこんなに輝いているのに、それはしょせん偽物の光。
　せめて朝であったのなら、本当の光が、あなたを消さなかっ

たのに…。
　あなたの背中を消さずに済んだのに…。
　似合わないよ。あなたみたいな本物の光を持っている人は、こんな夜のネオンなんか似合わない。

　スワチの背中が完全に闇の中に消えたことを確認して、私は再び店に戻った。
　ナナは席にはいなかった。
　ヘルプでついていたホストが、バツの悪そうな顔で私に話しかけてくる。
「真理さん…。ナナさん、気分悪いみたいでトイレです。チャイもついてるけど…」
　テーブルの上には、グチャグチャになったグラスとシャンパンの水溜まり。それを何人かのホストが片づけていた。
　私はトイレに向かった。
　今、ナナにどんな言葉をかけてあげればいいんだろう？
　どんな言葉をかけたら、本当の笑顔で笑ってくれるのかな？

　トイレでは、蹲くまるナナとそれを支えるチャイの手。
　ナナを見つめるチャイの瞳を、直視できなかった。
　私はやっぱりナナを好きだと思うし、心配してしまう。
　信頼はしていなくても、好きだとは感じる。
　彼女は私の友達。嘘だらけで、感情はゆらゆらと揺れてしまう世界だけど…友達なんだよ。
　上辺だけ見ればしたたかで、けれど本当は弱くて、怖くて、

いつも何かに押し潰されそうな彼女。
　けれどナナはいつだって私に弱味を見せなかったし、秀明にさえ見せなかった。

　始めたのは自分。責任を取るのも自分自身。
　自分の人生は自分で責任を取る。
　あの会社を…『ハードロマンチッカー』を立ち上げた責任。
　やっぱり20歳そこらの小さな女の子に、それは重すぎて…。
　けれどナナはいつだって強くありたかったと思う。
　本当の強さが何かもわからないまま…。
　いつも、愛だって、強さだって、履き違えちゃいけなかった。
　本当の強さを持っていなきゃ、いつか押し潰されてしまう日が来るの。
　強がることは、本当の強さとは違うよ。

　ナナを支えるチャイの腕。
　ためらいがちに支えるチャイの腕。
　仕事を頑張ると言ったチャイの瞳。
　お金が欲しいと言ったチャイの瞳。
　その瞳は、ナナを優しく見つめちゃいけないんだよ。
　ホストがそんな瞳をしてはいけない。
　そんなに愛しそうにナナを見つめないで…。
　大切だなんて思わないで…。
　チャイがずっとホストに徹していてくれたら、チャイが自分の気持ちに気付かないでいてくれたら、『ハードロマンチッカ

ー』は私の居場所になっていた。
　ナナがいて、秀明がいることに安心していた。
　けれど壊れそうだった。奪われそうだった。
　だからチャイを…好きにはなれなかった。

　ナナの弱さに気づいていながら、そこから目を背けたのは誰だったのか──。
　ナナから決して目を逸らさなかったのは、背を向けなかったのは、誰だったのか──。

「真理さん」
　チャイが助けを求めるような瞳で、私を見る。
「ちょっと二人きりにさせて」
　チャイが心配そうにトイレを出る。
「ナナぁ…。大丈夫？」
　ナナの背中をさする。
　ナナは消え入りそうな声で、私に語りかけてきた。
「ごめんなさい…。あんなの、本心じゃない…。ごめんなさい…」
「わかってる。わかってるから…」
　消え入りそうな声。虚ろな瞳。
　ナナはただ私に謝るだけ。
　その背中がこんなに痩せていたことに、なぜ気づかなかったんだろう。
　どうしてずっと、一人で抱えてきたことに気づけなかったん

だろう。
　私はいつも、こうやって大切なことを見落としてばかり…。

「真理さん…」
　遠慮がちにトイレの扉を開け、チャイが顔を出した。
　静かに私に耳打ちをする。
「秀明さんの連絡先、知ってますか？　来てもらったほうがいいと思う」
　ナナがこの時に本当に求めているものを知っていながら、私は携帯を手に取った。
　この時ナナは、本当に秀明を求めていた？
　あれから10分も経っていなかった。
　けれど、ナナとチャイと私の間に会話はなくなっていた。
　聞こえてくるのは、遠くからのホストと客の笑い声だけ。
　それぞれの想いを抱え、それでもナナを大切だと思う気持ちは一緒だったよね。

　息を切らしながらやってきた秀明に、まったく笑顔はなかった。
　チャイにも私にも目を合わさず、ナナに優しく触れる。
　一瞬、触れるのをためらったように見えたのは、幻だったのか…。それとも…。
　この時、秀明はナナの本当に求めてたものに気づいていたんだと思う。
「わりぃな？」

秀明は一瞬だけチャイと私に目をやり、ナナを抱えて出ていった。
　コウと半分だけ血を分けた、緑色の瞳が悲しかった。

　月日は流れた──。
　5月になり、日本で一番遅い桜が咲いては散った。
　だんだん暖かくなってきたものの、北の大地の夏は短い。
　仕事でも変化はなかった。
　ナナと秀明はいつも通りに戻っていた。
　少しだけ秀明は優しくなった気がする。でも、以前みたいには戻れなかった。
　3人でおどけてみせても、拭いきれない空間の変化。
　変わらずにいたいと願っても、時間が流れる限り、私たちは少しずつ変わっていく。
　けれど、誰も何も言わなかった。
　ナナはホスクラに行かなくなって、私とスワチはたまに二人で飲みにいく関係。
　スワチの持つ独特のオーラや雰囲気が、私を安心させていたのは明確だった。
　コウとは会う回数が減った。
　けれどやっぱり、離れるのは不可能だと思った。
　コウとスワチ…。それぞれの持つ光が、その時の私には必要だったの。

　7月も半ばに入り、暑さも増してきた。

月曜日の朝に薫に会いに行く日常も、変わらずそこにあった。
　私はいつも変わらないことを望んでいたけれど、変わらないことって本当に幸せなのかな？
　変わっていくことは前に進むことだと思う。
　そして私は、戻るより進むことのほうが本当は大切だということ、ちゃんとわかっている。
　過去に現在の私はいない。

　病室の椅子に腰を下ろす。
　安らかな薫の寝息は、やっぱり変わらなかった。
　もしかして変わらずにいるのは、薫だけなのかもしれない。
　時間を止めるというのは、変わらないということなのだから。
　病室の中は暑いぐらいで、窓から入る陽射しが余計に暑さを感じさせた。
　病室を出て喫煙所に行くと、見慣れた後ろ姿があった。
　光に透ける茶髪。
　振り向くと、そこには緑色の瞳。
　コウと病院で会うのは、2回目になる。

「おう」
　コウが口元を緩め、少しだけ笑う。
「何？　また具合悪いの？」
　私が喫煙所の椅子に腰をかけ、コウの一つ隣に座る。
　触れようと手を伸ばせば、いくらだって掴み取れる。
　どうしてもこの椅子1個分の隙間が埋められない。

まるで私たちの心の距離のように…。
　心だけは、こんなにも遠いよ。
「まぁね」
　手に煙草を持つと、コウが火をつけ私に差し出した。
「あんた、本当にどっか悪いんじゃないの？　ちゃんと検査しなよ」
　喫煙所では、コウと私の吐き出した煙が揺れている。
　二つの煙が絡み合い、やがて空気に溶けた。
「平気だって。てか、俺、行くわ」
　灰皿に煙草を押しつけ、コウが席を立つ。

「ねぇ…」
　いつだって言うべき言葉が見つからないのに、つい引き止めてしまいたくなる。
　この時間を止めたくて…。
　あなたと向き合う時間を、いつも止めたくて…。
「ん？」
　コウが私を見る。
「食材、腐っちゃう。せっかくいっぱい買ってるんだから…」
　コウに出会ってから、冷蔵庫の中には食材がたくさん並ぶようになっていた。それもコウが誉めてくれたからだ。
　コウに何かをしてあげたかったから。
　コウと会う理由が欲しかったから。
　こんなふうにしか言えない私でごめんね。
「うん。行くから」

それだけ言うと、コウは私の頭をそっと撫でて、喫煙所から出ていった。
　私の煙だけが宙を舞って、それもすぐに消えた。

「海、行かん？」
　それは突然の誘いだった。
　薄暗いバーで白いタンクトップから煙草を持つ腕が見える。
　日焼けしやすいのか、スワチの腕は黒くなっていた。
　笑うと白い歯がチラリと見える。
「海？」
　私が持ってたビールグラスをテーブルに置く。
「おう。俺と真理とナナ、秀明でさ」
　いつの間にか、スワチは私を呼び捨てするようになっていた。
　あまりにも自然で、気にも止めないくらい…。
　ほら、こうやって変わっていってる。
「いいね。私、海ってこの街に来てから行ったことないよ」
「だろ？　行こうぜ！」
　スワチが楽しそうにはしゃぐ。本当に楽しそうに…。
　無邪気なスワチを見ていると、いつだって心は優しくなれた。
　それはコウといる時の愛しさからくる苦しみとは全然違う。
「どこの海？」
「こっから３時間くらいの。白い砂浜あんだろ？　俺、あそこの海行ったことないんだよね」

　白い砂浜…。

私の生まれた街。
　コウと行きたかった海
　人魚姫の住む海。

「いいけど、あの砂、人工だよ？」
　ケラケラ笑いながら、テーブルの上にあるおつまみに手を伸ばす。
「でも綺麗なんだろ！　キャンプしよ？　バーベキュー！　テントはもちろん俺と真理！」
「勘弁！」って突っ込みを入れて、私たちは笑い合っていた。
　次の土日っていうことで、私はナナに連絡した。
　ナナははしゃぎながらすぐにOKを出してくれた。
　白い砂浜…。
　人魚姫は今もあそこにいるだろうか。
　今も一人で、王子様を待ちながら震えているのだろうか。

　7月も終わりにさしかかっていた。
　一番混む時期ではないけれど、その日は快晴。
　北の夏がそれほど暑くないといっても、28度にもなればやっぱりそれなりに暑かった。
　とは言っても、私はこの地から離れたことがなかったから、他がどんなだかわからないんだけれど…。
「おはよぉ！」
　ナナが浮き輪を持って、白いワンピースで現れた。
　浮き輪はすでに膨らんでいる。

隣では秀明が眠そうな目をこすり、ナナの荷物を抱えていた。
「秀明！　シャキッとしなよ！　今日はドライバーなんだからね！」
　ナナが秀明の背中をどつく。
「なんで俺が運転なんだよ。てめぇがしろよ」
　秀明がナナにじゃれつく。仲の良い二人を見て、私は安心した。
「おっす」
　後ろからスワチが話をかける
「しかし、あっちぃな」
　手で顔を仰ぎながら、太陽の下、明るい笑顔を見せる。
　やっぱりスワチは、太陽の光の下が似合う人だよ。

　３時間後。
　運転席の秀明は眠そうに音楽のボリュームを上げた。
　ナナは「うるさい！」とか言いながら、ノリノリでクーラーの温度を下げる。
　後部座席の私とスワチは、ナナがあらかじめ膨らませた浮き輪を「邪魔だ、邪魔だ！」と文句を言いながら、笑っていた。
　あの時はみんな笑っていたと思う。
　でも、本当に笑っていたのは…。

　海に着いた頃には、お昼を回っていた。
　すでに人がかなりいて、休日ということもあり、家族の姿が目立ち、いくつものテントが砂浜を埋めている。

潮の香りと、突き抜ける優しくて心地良い風。足を埋める砂が熱を帯びる。
　久しぶりに帰ってきた故郷の海。
　白い砂浜の上で、若い男女がビーチバレーをしている。
　小さな子供が砂の上に座っている。
　その姿に、そっと幼き頃の自分を重ねた…。

　Tシャツとショートパンツを脱げば、あらかじめ着ていた黒のビキニが覗く。
「うわっ！　真理、色っぽい」
　スワチが私をからかう。
　水着姿で上半身裸のスワチは、適度に筋肉がついていて、綺麗だなと思った。
　コウはもっと繊細な作りの体をしている。
　スワチの裸にオヤジが貪りついてるかと思うと、少し哀しい気持ちになってしまう。
　もっともそれは、私にも言えることなんだけれど…。
「真理、いいねー。もうちょっと胸があればいいんだけどね」
　スワチの横で秀明が言う。
　そんな秀明はヒョロヒョロで肌も白くて、ちゃんとご飯を食べてるのか心配になってしまうくらいだ。
「うるさい！　もうやだ！　エロオヤジばっかり！」
　私がふたりに蹴りをいれると、3人で大笑いした。本当に楽しかった。
　けれど、彼女は笑ってなかった…。

騒ぐ私たちの中で、こんなお祭り騒ぎが一番大好きな彼女は、笑っていなかった。
　この時には一つの決意を固めていたのだ。

「ナナー。ピンク色のフリフリの超可愛い水着買ったって言ってたじゃん！　早く見せて！」
　そんなナナの微妙な変化に気付き、砂浜で座り込むナナに私が声をかけた。
「うわっ！　見たい！　ナナ、意外にいい体してそー」
　スワチが笑いながら言うと、横で秀明がスワチに蹴りを入れた。
　秀明は意外にヤキモチ妬きで、独占欲が強い。いっつもは人を小馬鹿にするような態度ばかり取るくせに…。
　ナナも秀明も、やっぱりどっか素直じゃないな。
　私たちが騒いでいるのに、ナナは座り込み、顔は真っ白だった。
「お前、どうした？　なんか顔色悪くねぇ？」
　その様子に一番初めに気づいて声をかけたのは、秀明だった。
　さすがは恋人…というか、なんだかんだ言っても秀明は誰よりナナを大切にしていたんだ。
　ずっと…。出会ってから、これまで…ずっと…。
「実はさ！　アレになっちゃって！　海入れないんだ！　でも、あんたらは気にせず遊んできなよ！」
　ナナは笑顔になると、立ち上がって私たちの背中を押した。
　ナナのワンピースが風でフワリと揺れた。

ナナのことがちょっと気になったけれど、私たちは海に飛込んだ。
「しょっぺ〜〜っ！」
　秀明が海に潜り込み、ひとりで叫ぶ。
　私はスワチに浮き輪を取られ、深い場所でジタバタしていた。
「意地悪！　浮き輪返せ！」
「真理、もしかして泳げない？」
　ニヤニヤした顔でスワチが私を見つめる。
　…こいつ、絶対に面白がってる。
　海は好き。海の町で生まれて育ったんだもん。
　でも泳ぎは苦手。まず、こんな足もつかない場所で浮けるわけがない。
「…泳げるわよ！」
　スワチに怒鳴った私は、深い場所に足を一歩前に出した。
「きゃー！」
　足は海底に沈む。
「馬鹿！　泳げないなら、泳げないって言えよ！」
　スワチが笑いながら私に手を差し出す。大きな大きな手を…。
　それは優しくて、暖かくて、人を包みこむような大きな手。
「真理…？」
　スワチが不思議そうに私の顔を見る。
　私はやっぱりスワチの手を掴めなかった。
　スワチの差し伸べる手を、受け入れることができなかった。
　この手を受け取ってほしい人は、わかっていたから。

スワチの手を受け取ってしまったら、もう後戻りできない気がしたから。
「あんたが浮き輪を取るからでしょ！」
　私はスワチの横にあった浮き輪に掴まり、岸へと泳いでいった。
　差し出されたスワチの手の行き場は、見ないようにしていた。

　少しだけ海で騒いだ後、私たちはバーベキューの準備に取りかかった。
　とはいっても、私以外は何もせずに皆勝手なことをしている。
　波打ち際で貝殻を拾っているナナと秀明を見て、心から安心した。
「桜貝！」なんて言いながら、ナナは秀明に笑顔を見せる。
　優しい波音と、少し強い風。それに包まれた二人は、本当に幸せそうだった。
「あーっ、うっめぇ！」
　スワチが缶ビールを一気に流し込む。
「やっぱ海で飲むビールってマジで美味い。なんで？　なんでこんなに美味いの？　景色が綺麗だから？」
　スワチは一人でゲラゲラ笑い、機嫌良さそうに言う。
　そんなスワチを見つめながら、私もビールを流し込んだ。
「やっぱ海で飲むビールってマジで美味い！」
　私もビールを流し込んだ。
「ナナ、はい」
　ナナにも缶ビールを渡す。けれどナナは、それを受け取らな

かった。
　そしてちょっと困った顔をする。
「あんま飲みたくないの…」
　ナナがお酒を飲まないのは珍しいことだけど、たいして気には止めなかった。

　ビールの缶が何本か空になり、お酒が回ってくる。
　あたりは夕焼けに包まれ始めていた。
　黄金色の空が私たちを包む。
　なんて優しい穏やかな色…。
　けれど私は、朝焼けの海が好き。
　薄暗い夜が明け始めて、少しずつ陽が上がる。
　それは幸せの象徴な気がする。温かく私たちを包んでくれる、希望…。
　夜の海は冷たいの。暗くて引きずりこまれそうなくらい、冷たい。
　そう、夜も闇も怖くて冷たい。
　だから私は、夜に生きているのに朝の海が好き。
　朝焼けを体に感じて、生きていたいって願ってるのかもしれない。
　ないものねだりをしてるのかもしれない。

「ねぇ、ナナ…。本当に大丈夫？」
　夕焼けに染まるナナの横顔。一体、何を見ていたのだろう？
　その目に映っていた人を私は知らなかった。

知っていたとしても、わかりたくなかった。
「俺、薬買ってこよっか？」
　スワチがナナの顔を覗き込み、心配そうに瞳を揺らす。
　けれどナナは、ただまっすぐ夕陽を見ていた。
　沈みゆく空に、彼女の生きた夜がある。

　しばらく皆で黙ってしまう。
　ただ沈んでいく夕陽を眺めていた。
　夕陽が半分以上沈みかけた頃、沈黙を破ったのはナナだった。
「……秀明、別れよう…」
　消え入りそうなくらい、か細い声。
　けれども揺らぐことのない眼差し。
　耳を塞ぎたくなるくらい、透き通った声。
「…んで、なんで…」
　でも少しかすれた秀明の声は、ナナよりさらに今にも消えてしまいそうだった。
「理由を言えよ」
　ナナの肩を揺らす秀明。
　秀明の表情は見えなかったけれど、震える肩が気持ちを代弁していた。
　ナナは何も答えず、首を振る。
　やだ。やめて。奪っていかないで…。
　大切なの。私はこの居場所が、大切なの。
　変わらない居場所を、そのままにしておいて…。

「……子供ができたの。妊娠してるの」
　夕陽は、もう沈みかけていた。
　その優しい色を後にして……。

「ちょっと、ちょっと、待てよ〜。それなら結婚して子供育てりゃいいだろ？」
　スワチが二人の間に割って入る。
　ナナは下を向いて、秀明も動けずにいる。
　わかっていたんだよね？
　私もわかっていたくらいだから、秀明がわからないはずない。ナナの一番近くにいた秀明が、わからないはずない。
「なぁ？　秀明もそれくらい覚悟あんだろ？」
　沈黙——。
　沈黙の理由は聞きたくはない。
　風が冷たくなってきた。
　言わないで…。それを言ってしまったら、ナナと秀明はもう…私たちはもう…戻れない。
「わかるよね？　秀明」
　ナナが顔を上げて、秀明を見つめる。
　それはナナが選んだ覚悟。
　波が一定のリズムを刻み、小さな協奏曲(きょうそうきょく)を奏でる。
　寄せては返る波の音。
「……秀明の…子供じゃない」
　波がその言葉を連れ去ってくれたら…。
　波がせめてかき消してくれたら…。

「ここからは一人で帰るね」
　誰も動けなかった。呼び止めることもできなかった。
　３つの影だけ並んで、夜に落ちて消えた。

はしゃいでた海に
夕焼けが沈黙を優しく包んで…
やがて消えた。

いつかやがて
夕焼けは闇に変わり
朝は夜の黒に侵されていくのよ。

海は変わらない波音を
永遠に刻んでいったけれど
変わらないもの
変わっていかなかったものなんか
本当は一つもなかった。

人の心と同じように…
今、目に映る景色だって
本当は少しずつ…。

秀明はどんなあたしだって
いつも受け入れてくれたね。

けれども少しずつあたしに触れなくなって
私から目を逸らし始めていた。

ほら、こうやって
私たちも少しずつ
変わっていったでしょ？

私から目を逸らしている秀明を
気付かないふりしてた。

私だって同罪だよ。
ここからは一人でも帰れるよ。

お互いが背を向けた時
一つの生命が
きらめいた。

魔 法 の i ら ん ど

1999年にスタートしたケータイ(携帯電話)向け
無料ホームページ作成サービス(パソコンからの利用も可)。
現在、月間19億ページビュー、会員ID数520万を誇る
モバイル最大級コミュニティサービスに拡大している(2007年3月末)。
近年、魔法のiらんど独自の小説執筆・公開機能を利用して
ケータイ小説を連載するインディーズ作家が急増。
これを受けて2006年3月には、
ケータイ小説総合サイト「魔法の図書館」をオープンした。
魔法のiらんどで公開されている小説は、
現在100万タイトルを越え、口コミで人気が広がり書籍化された小説は
これまでに40タイトル以上、累計発行部数は850万部を突破。
ミリオンセラーとなった『恋空』(美嘉・著)は
2007年11月映画公開された。
2007年10月には「魔法のiらんど文庫」も創刊。
文庫化、コミック化、映画化など、その世界を広げている。

「魔法の図書館」(魔法のiらんど内)
http://4646.maho.jp/

著者・裕花さんへのご意見は、
以下の住所・アドレスまでお願いいたします。
〒102-0072　東京都千代田区飯田橋2-7-3
(株)竹書房　『泡姫』愛読者係
E-Mail　awahime@takeshobo.co.jp

泡姫
～現代の人魚姫～
上

2007年12月6日　初版第1刷発行

著者　裕花
発行人　牧村康正
編集人　小野田衛
装丁・デザイン　矢部あずさ（フロッグキングスタジオ）
表紙イラスト　吉濱あさこ
編集　小西遼子・筒井さやか・早瀬美樹・鈴木愛・山口絢
出版企画　魔法のｉらんど
Special Thanks　B行為・Ｉ am.ken・りえ feat. ヒデ・だいすけ・あさこ
Management & Promotion　竹澤コウ

発行所　株式会社竹書房
〒102-0072　東京都千代田区飯田橋2-7-3
☎03(3264)1576(代表)
☎03(3234)6224(編集)

印刷　凸版印刷株式会社

万一、落丁乱丁のある場合は送料当社負担でお取替致します。
小社宛にお送り下さい。本書の一部あるいは全部を無断で複写複製することは、
法律で認められた場合を除き、著作権の侵害となります。定価はカバーに表示してあります。

©YUKA
©2007 TAKE SHOBO CO.,Ltd
Printed in Japan
ISBN978-4-8124-3315-7 C0093

竹書房ホームページアドレス　http://www.takeshobo.co.jp/